# Reliure serrée

# LES
# VIEUX DE LA VIEILLE

SUIVI DE

## LOÏS

HISTOIRE D'UNE PETITE BOHÉMIENNE

PAR

### ERCKMANN-CHATRIAN

ILLUSTRÉS DE 20 DESSINS PAR F. LIX.

**ŒUVRES COMPLÈTES**

ILLUSTRÉES

ROMANS
NATIONAUX

Le Conscrit
de 1813
Madame Thérèse
ou les
Volontaires de 92
L'Invasion
Waterloo
L'Homme du peuple
Le Blocus
La Guerre

HISTOIRE
DE LA
RÉVOLUTION
FRANÇAISE
RACONTÉE
PAR UN PAYSAN
1789 à 1815

**ŒUVRES COMPLÈTES**

ILLUSTRÉES

ROMANS
POPULAIRES

Docteur Mathéus
Hugues le Loup
Daniel Rock
Contes
des Bords du Rhin
L'ami Fritz
Joueur de Clarinette
Maison forestière
Le Juif Polonais

CONTES ET ROMANS
ALSACIENS

Hist. du Plébiscite
Histoire
d'un Sous-Maître
Les Deux Frères
Brigadier Frédéric
Campagne en Kabylie
Gaspard Fix

Chef de chantier
Contes vosgiens
Grand-père Lebigre

L'OUVRAGE COMPLET, PRIX : 1 FR. 40 C.

## PARIS

J. HETZEL ET Cie, ÉDITEURS, 18, RUE JACOB

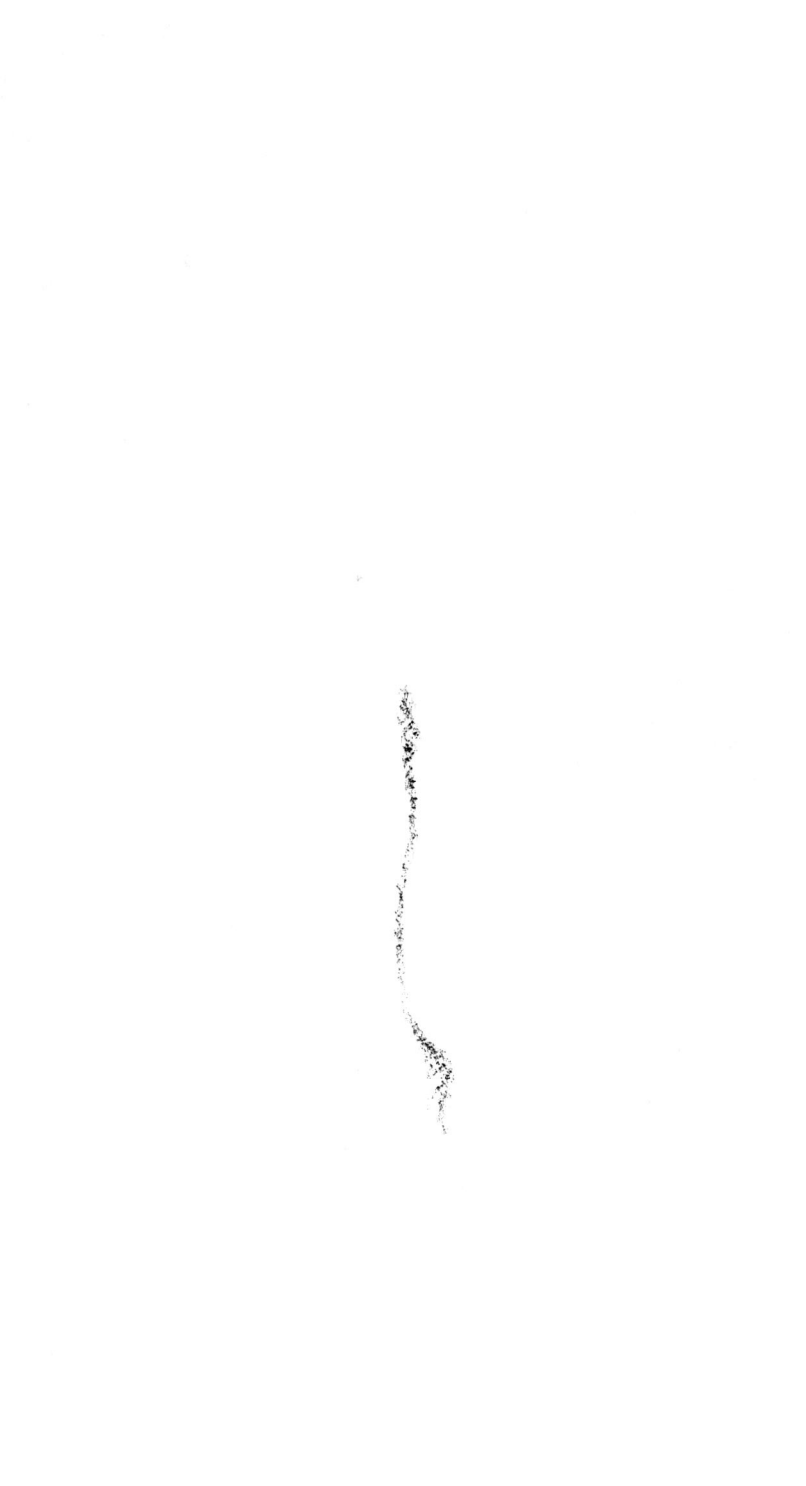

LES

# VIEUX DE LA VIEILLE

LOÏS

HISTOIRE D'UNE PETITE BOHÉMIENNE

# OUVRAGES D'ERCKMANN-CHATRIAN

Paris. — Im . Gauthier-Villars, 55, quai des Grands-Augustins.

# LES
# VIEUX DE LA VIEILLE

SUIVI DE

# LOÏS

HISTOIRE D'UNE PETITE BOHÉMIENNE

PAR

# ERCKMANN-CHATRIAN

20 DESSINS PAR F. LIX

*3628*

PARIS

J. HETZEL ET Cⁱᵉ, ÉDITEURS, 18, RUE JACOB

# LES VIEUX DE LA VIEILLE

PAR

## ERCKMANN-CHATRIAN

Hein! faisait-il, elle est belle, ma grenouille! (Page 4.)

## 1

Quand je remonte à mes premiers souvenirs, je me vois tout enfant, chez le vieux soldat Sébastien Florentin, natif de Thionville, ancien capitaine des grenadiers du 101⁰ de ligne sous le premier empire.

Je vois notre petite maison donnant sur la rue du Mouton-d'Or : elle n'avait qu'un étage au-dessus du rez-de-chaussée, comme toutes les autres ; une étroite allée la traversait, allant à la cour encaissée entre les vieilles bâtisses de la gendarmerie, le puits à margelle de pierre rongée par la mousse au milieu, le bûcher sombre plus loin ; l'escalier tournant à gauche, avec sa rampe de bois, où le brosseur de notre locataire étalait ses uniformes, car nous logions toujours un officier du régiment de la garnison : vingt francs de plus par mois, c'était une ressource pour Mᵐᵉ Florentin ! Il faut de l'économie quand votre croix est rognée de moitié, et que les Bourbons ont diminué toutes les pensions.

Ces choses sont sous mes yeux. Je suis dans la petite chambre du rez-de-chaussée, assis sur mon tabouret, au milieu des bonnes gens, avec leur petit chien Azor et leur perroquet Coco. — On vient de prendre le café au lait ; les fenêtres sont ouvertes au soleil du matin ; quelques pots de fleurs, des œillets, du réséda, des giroflées s'épanouissent à la blanche lumière. La trompette du 18ᵉ sonne dans la cour de la caserne, c'est le premier appel pour l'exercice.

Oui, je crois encore y être ! Cela se passait en 1829, au temps de la sainte-alliance, il y a cinquante et un ans ; quelle chose étonnante, il me semble que c'était hier !

Mes parents, qui tenaient une grande épicerie sur la place de la Halle, n'avaient guère le temps de s'occuper de moi ; ils me confiaient, pendant la journée, au vieux capitaine ; sa femme, Mᵐᵉ Françoise, venait me prendre tous les matins ; je déjeunais et je dînais avec eux ; je me promenais à la main de mon ami Florentin, qui n'avait pas d'enfant et m'aimait beaucoup ; le soir on me reconduisait souper et dormir à la maison.

Voilà comment je passai mes premières années dans la société du vieux soldat ; son image reste vivante dans ma mémoire comme celle de mon propre père.

Il était grand, sec, droit et fort hâlé ; il avait le front étroit et petit, à force d'avoir été pressé par le shako, le nez mince et long, le menton en pointe. De grandes rides contournaient sa bouche ; une cravate de batiste jaune, garnie à l'intérieur d'un carton raide, serrait son cou maigre ; il était toujours bien rasé, ayant l'habitude de se faire la barbe lui-même chaque matin devant un petit miroir pendu à la poignée de la fenêtre, et, du reste, vêtu simplement, modestement, mais toujours d'une propreté exemplaire ; je ne me rappelle pas avoir jamais vu la moindre tache à ses habits.

En somme, c'était une figure grave, austère et naïve. Et, que Dieu me pardonne de le dire ! il ressemblait au chevalier don Quichotte. Presque tous les vieux soldats du premier empire avaient quelque chose de cet air-là, je ne sais pourquoi ; mais qu'on

regarde les vieilles gravures de Charlet et l'on trouvera que j'ai raison.

Quant à Mᵐᵉ Florentin, c'était une grosse boulotte de quarante ans, la fille aînée du charcutier Bader, demeurant sur la place d'Armes ; on ne pouvait voir de créature plus agréable pour son âge, avec ses gros yeux bruns, deux magnifiques boucles de cheveux roulées en escargot sur les tempes, le bonnet de tulle encadrant son menton rose et dodu et l'air malicieux sous une apparence de bonhomie.

Jamais elle ne donnait tort à Florentin, tout en le conduisant par le bout du nez ; elle l'appelait quelquefois d'une voix tonnante à la tête de sa compagnie : « Florentin ! Frentzel ! » Et Françoise, soit à la cuisine, soit ailleurs, lui répondait : « Oui ! Florentin, oui ! j'arrive, » sans se presser davantage.

Quelles bonnes gens que ces vieux soldats du premier empire !

La ville en fourmillait. Ils avaient presque tous épousé des demoiselles de Phalsbourg, restées en friche depuis l'an XIII de la République : de fines mouches, alertes, souriantes, bonnes ménagères, touchant la pension et la croix de leurs maris, qui ne s'occupaient de rien.

Quelle chance pour elles de se trouver si bien loties, après avoir risqué de coiffer sainte Catherine !

Sans la bataille de Waterloo, que serait-il arrivé ? Personne n'y songeait alors, et tous ces vieux n'aspiraient qu'à voir couronner le duc de Reichstadt pour recommencer la danse.

On avait les jésuites et les Bourbons en horreur ; ils faisaient aussi tout leur possible pour se rendre désagréables à la nation.

Les vieux remparts de Phalsbourg tombaient en ruines et, dans les broussailles qui hérissaient ces décombres, des milliers de verdiers, de merles et de fauvettes s'égosillaient du matin au soir. Les crapauds et les grenouilles chantaient aussi leur litanie mélancolique autour de la place, dans les mares des fossés, aux derniers soupirs de l'*Angelus ;* et devant l'arsenal, les vieux canons de Marengo, d'Austerlitz, d'Iéna, l'âme lisse et la conscience tranquille, dormaient à l'ombre de quelques noyers, sur de grandes poutres vermoulues, sous la garde d'un vétéran. Aussi, sauf les mercredis et les vendredis, jours de marché, où la foule des campagnards remplissait les auberges et les cabarets, on passait la vie à se morfondre.

Ces jours-là, le contraste du tumulte avec le silence ordinaire vous étonnait ; vous entendiez le flic-flac des fouets, le roulement des charrettes, le grand murmure des gens marchandant sur la place les œufs, le beurre, la volaille, et l'on croyait renaître.

Tout cela nous venait de l'Alsace et de la Lorraine.

Les dames, en toilette du matin, le petit panier à provisions sous le bras, défilaient entre les bancs et les paniers alignés sous les ormes, discutant en patois alsacien, en français, avec les villageois, le prix de leurs légumes.

C'était un glapissement sans fin. Toujours j'accompagnais Mᵐᵉ Françoise, pendu à sa robe. Mais il m'arrivait aussi quelquefois de m'échapper et de courir à notre boutique, où se pressait le monde comme dans une ruche.

Alors le père, la mère, occupés à vendre, me voyant au milieu de la cohue, me criaient :

« Lucien, prends garde de te faire écraser les pieds ; prends garde ! »

Et je me glissais entre les jupes, entre les jambes à hautes guêtres, pour aller m'asseoir dans l'arrière-boutique, au milieu des hottes appuyées aux murs et des paniers, heureux d'entendre ces rumeurs, de voir les gilets rouges, les tricornes, les toques à rubans de moire, aller, venir ; de regarder les choux, les bottes de radis, les perdreaux, les lièvres empilés pêle-mêle, les poulets vivants, les coqs à crête rouge, les oies, les canards, dans leurs cages d'osier, attendant l'heure de la vente.

Tous les paysans des environs à six lieues, hommes et femmes, me connaissaient et se disaient :

« C'est le petit de M. Pèlerin. »

Quelques bonnes vieilles me donnaient des bouquets de cerises, des pommes, des poires, en m'embrassant.

Ah ! je n'ai jamais vu depuis d'aussi beaux jours !... Encore maintenant je crois sentir l'odeur des clous de girofle, du gingembre et de la cannelle de notre boutique ; il me semble voir les pains de sucre, les paquets de chandelle pendus au plafond, les tonnes de raisins secs et de figues en sentinelle à notre porte : ce sont mes plus vieux souvenirs.

Le soir, après souper, quand le tumulte avait cessé, et que le père, la mère, les servantes, assis autour de la table, dans l'arrière-boutique, comptaient les gros sous, tout à coup mon père, petit homme brun, à l'œil vif, s'écriait :

« Cet enfant m'a donné des inquiétudes ; il était à courir sous les pieds de tout le monde ; il faudra l'envoyer à l'école, car Mᵐᵉ Florentin ne le surveille pas assez. »

Alors je me mettais à pleurer, et la mère, m'embrassant, disait :

« Va, ne crains rien, tu n'iras pas encore cette année chez M. Vassereau... Mais il faut prendre garde... tant d'accidents arrivent ! »

Puis elle m'emmenait coucher avec elle, et je m'endormais dans la paix du Seigneur.

Le lendemain matin, Mᵐᵉ Françoise venait me chercher ; il n'était plus question de rien.

Mes parents estimaient beaucoup le vieux capitaine, et Mᵐᵉ Françoise ne leur demandait jamais un service sans l'obtenir aussitôt.

Ces choses me reviennent. J'avais alors six ans : c'est l'âge où s'ouvrent les idées, où l'on s'instruit le plus sans le savoir. Les livres que l'on étudie plus tard avec tant de peine ne vous en disent pas le quart autant qu'une de ces heures contemplatives passées à regarder naïvement dans la rue, à la campagne, sur la place publique, à la maison.

Ce qu'on entend et ce qu'on voit alors vous reste gravé dans l'esprit, et sert de texte à vos pensées et à vos méditations jusqu'à la fin de vos jours.

Voilà pourquoi les vieillards oublient souvent les choses de la veille : ils ont toujours sous les yeux celles de leur enfance.

II

Mon ami Florentin avait un petit jardin hors ville, au bas des glacis, où l'on se rendait par la porte de France.

Il n'était pas le seul, car tous ces vieux soldats, ne sachant plus à quoi passer leur temps, cultivaient un petit coin de terre entouré de haies vives, planté d'espaliers, garni de légumes, de fleurs, une petite baraque au fond, qu'ils tapissaient de vieilles gravures, s'occupant sans cesse de l'embellir et de le compléter.

Tel était le jardin de mon ami. Il en taillait les arbres avec soin ; il s'émerveillait de tout ce qui poussait ; il ne fallait toucher à rien.

Cela ne comprenait pas le quart d'un arpent, mais c'était son paradis.

C'est là que nous allions après dîner. Aussitôt arrivés, il ouvrait la baraque, pendait son habit au clou derrière la porte, se mettait une camisole de toile grise et se coiffait d'un vieux chapeau de paille.

Alors, comme il faisait chaud, mon ami commençait par me préparer un bon lit avec quelques paillassons, et je me couchais pour dormir, Azor à mes pieds, en rond la tête entre les pattes.

Tout bourdonnait autour de nous, les abeilles et les hannetons, comme dans un concert ; le sommeil ne tardait pas à venir, et je dormais paisiblement durant des heures.

Le capitaine Florentin, lui allait, venait, taillait, bêchait, arrosait.

Il avait, près de la baraque, une vieille futaille pleine d'eau qui chauffait au soleil, car les plantes n'aiment pas l'eau crue et froide ; et dans cette tonne, qu'il remplissait tous les soirs avant de partir, puisant l'eau avec un seau dans une petite citerne couverte de planches, dans cette tonne à l'eau saumâtre toute parsemée de nénuphars, se trouvait une grenouille.

A l'approche du soir, quand l'ombre des peupliers de la route s'étendait déjà sur le jardinet et que l'air, chauffé pendant tout le jour, était tiède comme dans une étuve, je m'éveillais, regardant, écoutant. Azor aussi se réveillait, se secouait, dressait l'oreille ; et Florentin, qui nous guettait, arrivait en riant :

« Ah ! ah ! vous voilà donc réveillés ! s'écriait-il. Maintenant il faut se baigner ; et puis nous casserons une croûte ensemble, mon ami... Hein ! qu'en dis-tu ?

— Je veux bien, mon ami, lui disais-je.

— A la bonne heure ! »

Et s'asseyant sur le banc, il me prenait sur ses genoux, m'ôtait mes petits souliers, mes bas, ma blouse, ma chemise, et me mettait nu, en souriant comme une vieille nourrice. Après quoi, m'enlevant dans ses deux grandes mains, il allait me plonger deux ou trois fois dans la tonne. Je m'accrochais à ses manches, et il me disait :

« N'aie pas peur, mon ami, je ne veux pas te lâcher. »

Puis, m'asseyant sur son bras, le corps tout ruisselant, et mon petit coude sur son épaule, nous restions quelques instants à regarder la grenouille revenue sur l'eau, avec ses gros yeux ronds, son nez camard, les pattes à demi repliées sous le ventre ; elle était toute verte, et je m'émerveillais.

« Hein ! faisait-il, elle est belle, ma grenouille !

— Oh ! oui, mon ami. — Mais qu'est-ce qu'elle mange ?

— Des mouches, des hannetons, des vers... »

Et il lui jetait un hanneton, qu'elle happait, étant apprivoisée à nous voir.

Nous restions ainsi quelques instants à la regarder ; ensuite il me reportait dans sa baraque pour m'essuyer avec une serviette ; il me rhabillait de pied en cap, après quoi, sortant de sa petite armoire une chopine de vin qu'il avait apportée, il m'en versait quelques gouttes dans un verre, avec un peu de sucre. Il remplissait le sien, et nous trinquions ensemble, en cassant une croûte de pain, comme il avait dit.

Azor nous regardait et recevait aussi quelques bouchées. Nous le caressions ; nous étions heureux comme des rois.

Et vers le soir, quand sept heures tintaient à l'église lointaine, et que de larges bandes de pourpre s'étendaient dans le ciel, à l'horizon, mon ami se débarrassait de sa camisole, reprenait sa casquette, refermait soigneusement la baraque, et nous repartions ensemble pour aller souper. Je n'ai jamais passé d'heures plus douces dans ma vie que celles-là ; les larmes viennent me monter aux yeux en vous les racontant.

Ce qui me réjouissait aussi, c'étaient les dimanches, où Mᵐᵉ Florentin me conduisait avec elle à la grand'messe et aux vêpres ; car mes parents, quoique luthériens, estimaient que toutes les religions sont bonnes, à la condition de ne pas gêner celles des autres. Mon père n'avait qu'une sainte dans son calendrier, c'était sainte Tolérance, comme il le disait quelquefois en riant. Ma mère, ayant une très belle voix, se plaisait à chanter les louanges du Seigneur au temple, parmi les autres fidèles, lorsqu'elle en avait le temps les dimanches, et que notre boutique n'était pas trop pleine de monde.

On me laissait donc aller à la grand'-messe, et la mère me donnait même un sou pour aller à l'offrande ; rien ne me charmait plus que de sentir le petit plat d'or de M. le curé me passer sur la joue.

J'étais assis auprès de Mᵐᵉ Florentin, près du chœur, dans mes plus beaux habits. Les grands tableaux de sainteté, l'autel où montait l'encens, le chant des prêtres accompagné par les orgues, les troupes en grande tenue, alignées dans toutes les allées

le frémissement des armes, le commandement : « Genou, terre ! » au moment de
l'élévation, et toutes ces baïonnettes inclinées
à la fois, avaient quelque chose de solennel
qui m'émerveillait.

La musique du 18ᵉ jouait dans les hautes
galeries. — Tout cet éclat me plaisait ; et
Mᵐᵉ Florentin, qui me disait de temps en temps
à l'oreille : « Prie donc, Lucien, prie donc ! »
me faisait agiter les lèvres, perdu dans je ne
sais quelle rêverie, et les yeux tout grands
ouverts.

Rien de ce que j'ai vu depuis ne m'a pro-
duit autant d'effet que cette cérémonie vraiment grandiose, avec tous ses reflets d'or, de
cierges, ses chants, ses murmures indéfinis-
sables bourdonnant sous les voûtes de l'antique église.

Aussi Mᵐᵉ Françoise était-elle contente de
moi et me disait-elle en sortant :

« C'est bien, Lucien, tu as été gentil, c'est
très bien. »

Alors commençait la revue sur la place
d'Armes, en face de l'église ; tout le régiment,
en pantalons blancs et grands plumets rouges, les voltigeurs à collets et parements
jaunes, alignés sur les quatre côtés de la
place, faisaient l'exercice ensemble avant le
défilé. Les grandes voix traînantes du colonel,
des commandants, des capitaines, se répon-
dant l'une à l'autre, et prolongées dans les
échos de remparts : « Portez armes ! — Pré-
sentez armes ! — Reposez armes ! » les
chevaux des supérieurs caracolant dans le
carré, la foule regardant penchée aux fenêtres ; toutes ces crosses de fusil touchant la
terre à la fois ; le beau soleil, les cigognes
du clocher planant sur le tumulte, tout ce
spectacle me ravissait en extase.

Et comme Mᵐᵉ Florentin se dépêchait d'aller préparer notre dîner, je courais rejoindre
mon ami, toujours sur la place à cette heure,
derrière les rangs, sous les vieux ormes, en
compagnie des anciens braves, observant
les mouvements d'un œil grave, les lèvres
serrées, les sourcils froncés, tout en se promenant de long en large.

Ils n'avaient plus rien à dire, et cela les
ennuyait visiblement, car ils auraient voulu
se mêler de l'affaire. Ils étaient comme les
vieux chevaux de labour, autrefois dans la
cavalerie, se dressant fièrement à la charrue
et hennissant encore tout bas au son de la
trompette qui passe.

Voilà l'existence de ce monde !

Là, se trouvaient M. Michelair, ancien commandant de la vieille garde ; Metzinger, colonel d'artillerie ; le gros-major Boyer, nommé
baron par l'empereur sur le champ de bataille
de Ligny ; les capitaines Vidal, Desjardins,
Richard, Florentin, et cinquante autres,
appuyés sur leur canne, allant, venant, gesticulant, se racontant leurs marches et leurs
contre-marches, leurs rencontres, leurs com-
bats de Madrid au Kremlin ; puis s'arrêtant
de temps en temps ensemble, au bruit des
armes, regardant d'un air d'indifférence,
sans se permettre la moindre critique, car
ils avaient le respect de l'armée et n'auraient
pas souffert autrefois la plus petite observation des pékins.

Or, les pauvres vieux n'étaient plus que
des pékins, ce qui ne les empêchait pas
d'avoir encore toutes les susceptibilités de
l'honneur militaire ; ils se parlaient toujours
avec la plus grande politesse, sachant qu'entre hommes de guerre, même l'oreille fendue,
le moindre mot déplacé peut avoir de graves
conséquences et valoir quelquefois un coup
d'épée.

C'est ce que j'ai compris plus tard.

Alors, suspendu à la main de mon ami
Sébastien, j'écoutais les histoires de batailles,
ne rêvant déjà que plaies et bosses.

Près de moi courait Justine, la fille du
capitaine adjudant-major Vidal, mon amie.
C'était un petit être vif, espiègle, un peu
pâle, avec de grands yeux bleus et les cheveux blond cendré, la petite-fille de notre
voisin le boulanger Weiss, car le capitaine
Vidal avait épousé Mˡˡᵉ Nicole, sa fille ; et la
bonne Cocole, — comme on l'appelait fami-
lièrement, — venait voir encore souvent ma
mère, sa petite Justine sur le bras.

Justine et moi, nous nous étions promis
cent fois de nous marier ensemble, ce qui
faisait rire les bonnes gens.

En l'absence du capitaine Vidal, nous
remplissions la maison de tapage ; Justine
avait beaucoup de jouets : de petites voitures,
des poupées, des boîtes à musique, que je
cassais pour voir ce qui les faisait marcher.
Aussi le capitaine Vidal, à son retour, n'é-
tait-il pas content ; il m'appelait « le pan-
dour ! » et m'envoyait à tous les diables.
Justine pleurait, m'entourant le cou de ses
bras, et, comme le brave capitaine n'avait
qu'elle, il se calmait, pour avoir la paix du
ménage.

Ah ! que j'aimais Justine, et comme nous
gambadions sur la place ces dimanches de
grande revue ! On avait beau nous appeler,
nous étions toujours à cent pas en avant ou
en arrière, dans la foule.

Enfin, midi sonnant, toute la troupe des retraités se dispersait, l'un allant à droite, l'autre à gauche, vers son logis.

Mon ami Florentin me faisait signe que c'était l'heure du dîner; le capitaine Vidal, de sa grosse voix, appelait Justine, et l'on se séparait.

Ainsi se passaient les jours de grande revue ; et puis, à table, nous entendions au loin la marche du régiment au défilé : les trompettes, la grosse caisse, le chapeau chinois et les roulements des tambours, regagnant leurs casernes.

Mon ami Florentin était content de moi, j'étais content de lui, et M<sup>me</sup> Françoise célébrait ma bonne tenue à l'église.

« Prends garde d'en faire un sacristain, disait Florentin, nous avons assez de ces gens-là, Frentzel. Lucien sera soldat, n'est-ce pas, Lucien ?

— Oui, mon ami.

— A la bonne heure ! Nous serons toujours d'accord, nous deux. »

### III

Pendant l'automne de 1829, au temps des vendanges d'Alsace, il arriva quelque chose d'extraordinaire.

Mon ami Florentin avait l'habitude, les dimanches, après dîner, d'aller faire sa partie de piquet avec M. Rosenthâl, ancien camarade de lit de Bernadotte, au régiment de La Marine, avant la révolution de 1789.

Mon ami Florentin s'était engagé vers la même époque dans le régiment de Royal-Allemand, l'un des quatre régiments dont l'empereur d'Autriche avait fait cadeau à sa fille, Marie-Antoinette, lors de son mariage avec Louis XVI, et dont le colonel était alors Max, depuis Maximilien I<sup>er</sup>, roi de Bavière.

Le souvenir de Bernadotte faisait bien un peu froncer le sourcil à mon ami Florentin, qui reprochait au roi de Suède d'avoir trahi l'empereur à Leipzig; mais, comme Rosenthâl n'en était pas cause, il se taisait sur ce chapitre délicat.

Rosenthâl, de son côté, ne faisait jamais allusion à la défection de Maximilien pendant notre terrible retraite de Hanau, et, grâce à ce compromis tacite, la paix régnait entre eux.

Rosenthâl, aussi grand, aussi maigre que Florentin, avait l'air encore plus grave, il portait toujours la culotte et les bas de soie, la rhingrave à brandebourgs, le tricorne et la perruque à queue, ficelée d'un ruban de moire, le nœud au bout en papillon.

On ne saurait se figurer de tableau plus étrange que ces deux vieux, assis dans la grande salle d'auberge de *la Ville de Bâle*, à leur petite table, en face l'un de l'autre, les cartes en main, graves, solennels, humant de temps en temps une gorgée de café, et s'animant parfois d'un profond dépit, lorsque l'adversaire avait trop beau jeu.

Leurs joues se coloraient et Rosenthâl murmurait :

« Vous avez une chance infernale ! »

Moi, j'étais assis près d'eux, le bras sur la table, l'oreille dans la main, les jambes repliées sous mon tabouret, Azor à mes pieds, regardant la partie, tout rêveur, au milieu des buveurs et des fumeurs circulant autour de nous.

Et quand à la longue la partie m'ennuyait, j'allais faire un tour dans la cuisine, ou dans les écuries, ou dans le poulailler de l'auberge, revenant m'asseoir de quart d'heure en quart d'heure, pour voir qui gagnait et faire des vœux contre Rosenthâl.

Or, ce jour-là Florentin gagnait ; il avait déjà gagné le café, les deux petits verres de cognac et une bouteille de vin blanc d'Alsace, de sorte que le nez de Rosenthâl s'allongeait de plus en plus, que les pommettes de ses joues devenaient pourpres jusque dans sa perruque et qu'à chaque instant il s'écriait :

« Cette chance me dépasse ; je n'y comprends rien ! »

A la fin, mon ami, l'entendant toujours répéter la même chose, se fâcha et lui dit :

« Qu'est-ce que vous entendez par là : Cette chance m'étonne ? Qu'est-ce que cela signifie? Parlez clairement. »

Ses yeux lançaient des éclairs et ses sourcils frémissaient.

« Eh bien ! oui ! s'écria Rosenthâl non moins furieux, cette chance-là n'est pas naturelle.

— Cela suffit ! bégaya mon ami Florentin en se redressant tout droit, appuyé sur sa canne. Sortons! On nous regarde... Ce n'est pas ici que nous pouvons vider cette affaire. »

Et Rosenthâl, se levant, répondit :

« Oui... sortons ! »

Ils sortirent, traversant la foule des buveurs étonnés. Je courais derrière eux.

Au bas des trois marches de la grande salle, sous la voûte de l'hôtel, ils s'arrêtèrent brusquement, face à face, nez à nez, comme deux vieux coqs déplumés, se regardant dans le blanc des yeux et bégayant :

« Vous me rendrez raison par les armes, monsieur.

— Quand il vous plaira monsieur.

— Alors ce sera demain, monsieur; dans l'allée des Sureaux, porte de France.

— C'est bien, monsieur; à quelle heure?

— A six heures du soir, monsieur, sans faute. Je suis insulté; mon arme, c'est l'épée.

— C'est entendu, monsieur; nous n'avons plus qu'à trouver des témoins. »

Ils allaient se séparer, quand, prenant tout à coup le parti de mon ami, je me jetai sur la jambe maigre de Rosenthâl, en lui mordant dans le mollet, à travers ses bas de soie.

Il se retourna, la canne en l'air, pour m'assommer, ne se possédant plus d'indignation. Heureusement, Florentin para le coup avec sa canne, et Azor, se mettant de la partie, remplit la voûte de ses aboiements redoublés.

La foule s'élançait de la salle, et les deux vieux, ne voulant pas se donner en spectacle, se quittèrent en répétant :

« A demain ! »

Florentin traversait la place, me tenant par la main et disant :

« C'est bien, mon ami, tu m'as défendu, tu es un brave. Sois tranquille, demain nous allons arranger ce kaiserlick, l'ami de Bernadotte... Canaille !... Il n'aura plus besoin de pension !... Ma chance !... Il ose parler de ma chance !... Attends, je vais t'en donner de la chance, vieux traître ! C'est sur le terrain que je veux te voir, Charles-Jean ! »

Et balbutiant d'autres mots inintelligibles, nous arrivâmes ainsi à la maison; M^me Françoise, voyant que Florentin avait bu un coup de trop, se garda bien de lui faire la moindre observation, d'autant plus qu'il s'assit dans son fauteuil et ne tarda pas à s'endormir, comme il lui arrivait toujours les dimanches, en revenant de l'Hôtel de Bâle.

Il n'était plus d'âge à supporter le vin soufré d'Alsace, dont il ne faisait pourtant pas un grand abus ; mais, ayant passé la soixantaine, il aurait dû s'en tenir à sa petite chopine, surtout après le cognac.

Enfin, il ne s'en doutait pas.

M^me Françoise, ces jours-là, me reconduisait tout de suite à la maison : je soupais chez nous avec mes parents, comme d'habitude, et je m'endormais sur ma chaise, tout étonné le lendemain de m'éveiller dans mon lit.

C'est ce qui m'arriva ce jour-là.

M^me Florentin revenait toujours le lendemain me reprendre vers sept heures, mais elle y manqua cette fois. Ne la voyant pas venir et me rappelant tout à coup ce qui s'était passé la veille, je courus à leur maison, où je trouvai mon ami Florentin seul.

Il venait de tirer d'une armoire deux longues épées qu'il examinait avec soin, debout dans la chambre, les faisait plier sur le parquet et disant :

« C'est ça... c'est bien ça... Voilà notre affaire ! »

Et, comme la porte s'était ouverte sans bruit, il ne m'apercevait pas ; je le regardais en silence, tout surpris.

Ayant posé l'une de ces épées sur la console, entre les deux fenêtres, il se mit en garde avec l'autre, frappant du pied ; il avait encore ses savates du matin et se fendait, en criant d'une voix brève :

« Une !... deusse !... »

Puis, se redressant brusquement sur ses vieilles jambes, il murmurait :

« Le jarret est encore solide... Hé ! hé ! hé ! Sébastien, on n'est pas encore trop rouillé dans les jointures... Ça marche !... »

Je le voyais de profil ; sa figure longue, maigre, avait une expression de joie sauvage ; ses quatre cheveux gris se dressaient contre les tempes chauves comme les plumes d'un vieil aigle.

« Eh ! mon ami, lui dis-je à la fin, tu essayes tes grandes épées pour tuer Rosenthâl ?

— Ah ! c'est toi ! fit-il en se retournant. Oui, mon ami, oui !... Regarde ! »

Et il se fendit cette fois à fond, se relevant comme un ressort.

« Ah ! ah ! ça revient ! ça revient !... » faisait-il.

Alors, moi, prenant l'autre épée sur la console, je lui dis :

« Comme c'est lourd !

— Ça ne sera pas trop lourd pour toi plus tard, » fit-il.

Et me reprenant l'épée, il la remit avec l'autre dans un fourreau de serge, au fond de l'armoire, qu'il referma avec soin. Puis, me regardant, tout joyeux, il s'écria :

« Tu m'as bien défendu hier, mon ami, ça me fait plaisir ; le kaiserlick doit avoir tes dents marquées dans les mollets ! »

Et il se prit à rire d'un grand rire retentissant qui n'en finissait plus.

« Maintenant, reprit-il, nous allons chercher nos témoins. Si tu avais vingt ans de

La foule s'écoulait de la salle. (Page 7.)

plus, je te prendrais ; tu verrais ton ami Florentin sur le terrain ; mais il faut en chercher d'autres : le capitaine Vidal et Foissard, le porte-drapeau ; ils voudront bien me rendre ce petit service. »

Et comme notre café au lait aurait dû être servi à cette heure, ne voyant rien venir, il se mit à crier de sa voix tonnante : « Frentzel !... Frentzel !... »

Et toute la maisonnette en tremblait ; M^me Françoise ne répondait pas ; il se fâchait, et finit par me dire :

« Va voir ce qu'elle fait... Et qu'elle vienne vite... ou je me fâche. »

Je courus à la petite cuisine. M^me Françoise avait disparu ; il n'y avait pas même de feu sur l'âtre.

Je revenais annoncer cette nouvelle à mon ami, lorsque la porte de l'allée s'ouvrit, et plus de quinze dames d'officiers entrèrent à la file. Françoise était allée les prévenir de ce qui se passait ; Sébastien ayant eu l'imprudence de lui confier la rencontre qui devait avoir lieu le soir, elle avait couru leur dire que, si les vieux commençaient à s'exterminer les uns les autres, elles n'auraient bientôt plus de croix ni de pensions à toucher, et toutes accouraient pour s'opposer au duel. C'était une scène de désolation, car elles n'avaient pas même pris le temps de mettre leurs affiquets, étant venues en jupe du matin, à moitié peignées, et leurs cheveux de travers, tant leur presse avait été grande.

Qu'il me fasse des excuses, le gueux! (Page 10.)

Jamais on n'a rien vu de pareil ; mon ami Florentin en était stupéfait.

« Qu'est-ce que c'est ? qu'est-ce qu'il y a ? s'écriait-il. Qu'est-ce que vous me voulez ? »

Et s'apercevant que c'étaient les dames de ses collègues :

« Asseyez-vous, mesdames... Mais qu'est-ce qu'il y a ? » disait-il.

Alors, Mᵐᵉ Rosenthâl, qui se trouvait dans le nombre, s'écria en sanglotant :

« Capitaine, vous ne vous battrez pas avec Rosenthâl, je m'y oppose ! »

Et Florentin, comprenant ce qui se passait, jeta des yeux farouches sur Frentzel en s'écriant :

« Madame, qui vous a permis d'aller raconter cette histoire ? »

Mais, elle, éclatant en sanglots à son tour, lui répondit :

« Florentin, vous ne m'avez jamais aimée.. Je suis la plus malheureuse des femmes ! »

Il était tout pâle, et comme toutes les autres se mettaient à gémir, prenant une chaise par le dossier, il grinçait de ses vieux chicots pour s'empêcher de les battre, bégayant :

« Mille millions de tonnerres et de tremblements, voulez-vous bien, mesdames, me laisser tranquille, où je ne réponds plus de moi. »

Alors, la femme de Rosenthâl, se jetant à ses pieds, s'écria :

« Capitaine, vous ne tuerez pas le père de mes enfants ! »

Et Florentin indigné lui répondit :

« Qu'il me fasse des excuses, le gueux ; qu'il reconnaisse son mensonge devant toute la ville, en présence de tout le régiment, à la première revue... Qu'il dise : — J'en ai menti par la gorge ! — Qu'il s'humilie !... qu'il s'humilie, le kaiserlick !... Et alors nous verrons... oui... nous verrons... car il faut encore autre chose... Je ne sais pas quoi... mais on verra. »

Sa voix était terrible ; il toquait sa chaise à terre, allant et venant ; mais les femmes étaient de vraies Phalsbourgeoises, elles ne battaient pas en retraite.

Dans le plus beau moment, tout à coup, à la fenêtre, derrière les pots de fleurs, apparut la figure sévère du commandant de la vieille garde Michelair, avec ses grosses moustaches grises coupées en brosse, son impériale blanche et ses sourcils froncés. Derrière lui regardaient aussi le colonel d'artillerie Metzinger et le baron Boyer, les plus gros légumes des vieux de la vieille, comme on disait dans ces temps-là.

Les femmes étaient allées les prévenir de l'événement ; ils arrivaient pour s'interposer, et Florentin, dès qu'il les aperçut, devint plus calme.

« Mon commandant, dit-il, c'est ici que vous venez ?

— Oui, capitaine.

— Eh bien ! donnez-vous la peine d'entrer. »

Ils entrèrent gravement, en tenue de ville.

« Vous m'excuserez, messieurs, dit Florentin, d'être en bras de chemise ; je ne m'attendais pas à votre visite.

— Mesdames, dit le commandant Michelair, veuillez nous laisser seuls. »

Alors, continuant à pleurer, elles sortirent.

Moi, dans mon coin, près de la chiffonnière, les yeux tout grands ouverts, j'écoutais, je regardais.

Mon ami Florentin avait mis sa redingote et noué sa cravate. — Tous les quatre restaient debout.

« Capitaine, dit le commandant Michelair, nous avons appris que vous aviez une affaire d'honneur avec Rosenthâl.

— Oui, mon commandant.

— Voulez-vous bien nous en donner les motifs ? Comme anciens, nous sommes tous en famille, et vous savez ce que disait l'empereur : — Le linge sale doit se laver en famille.

— Rosenthâl s'est permis d'avancer que j'avais trop de chance au jeu, répondit alors Sébastien Florentin, avec une fureur contenue ; ces choses-là ne se lavent que dans le sang.

— Trop de chance ! dit le baron Boyer. Est-ce que les Russes n'ont pas dit que nous avions trop de chance à Austerlitz, les Prussiens à Iéna, les Autrichiens à Marengo, et dans cinquante autres batailles ? Est-ce que tous ceux qui sont battus ne disent pas toujours que les autres ont trop de chance ? Qu'est-ce que ça prouve ? Il n'y a que les imbéciles qui n'aient pas de chance. Si Rosenthâl avait dit que vous n'avez pas de chance, je comprendrais cette affaire, car il aurait fait entendre que vous n'êtes qu'un innocent, un être nul, qui n'entend rien au jeu... Oui, je comprendrais... mais comme cela, je n'y comprends rien.

— Ni moi, dit le colonel Metzinger.

— Ni moi non plus, dit Michelair, ce n'est pas clair... l'insulte n'est pas claire ! On ne va sur le terrain, vous savez cela, capitaine, que pour des raisons sérieuses. Nous devons l'exemple à la jeune armée, l'exemple de la fermeté, de la dignité, de la discipline ; car, pour le reste, toute l'Europe sait que nous sommes braves. Si quelqu'un osait soutenir le contraire, nous serions tous là pour lui faire rentrer le propos dans la gorge... Oui, capitaine, sans dire que vous êtes dans votre tort, l'insulte n'est pas claire !

— Alors qu'il s'explique ! s'écria Florentin.

— C'est ce qu'il a fait, répondit aussitôt le commandant de la vieille garde, en tirant un billet de sa poche. — Prévenus à temps, nous nous sommes d'abord rendus chez Rosenthâl, et voici, capitaine, ce qu'il a écrit sous nos yeux : « Moi, Rosenthâl van Lœwenhaupt, je reconnais la parfaite honorabilité de M. Sébastien Florentin, son courage éprouvé, toutes ses qualités civiles et militaires. Mais, n'ayant pas voulu l'offenser, je ne puis retirer ce que j'ai dit, « qu'il a beaucoup de chance au piquet », et je le maintiens dans le sens honorable du mot, et sans mettre en doute sa loyauté. — Rosenthâl van Lœwenhaupt. »

Mon ami Florentin prit le papier et le relut trois fois, les sourcils froncés et l'air de fort mauvaise humeur ; enfin il dit :

« C'est différent ! Du moment qu'il s'est mordu la langue, n'en parlons plus ! Mais dites-lui bien de ma part, mon commandant, que je le considère comme un mauvais joueur, et, quand on a ce sale caractère, il ne faut pas jouer. »

Les autres souriaient. Le baron Boyer, lui serrant amicalement la main, dit :

« Voilà donc une affaire terminée, capitaine, et nous n'en sommes pas fâchés, car tous ces duels entre anciens braves pourraient jeter un vilain jour sur la grande armée, dont nous sommes les représentants.

— Florentin, s'écria le commandant Michelair d'un ton familier, croyez bien que, si les épées avaient dû s'engager, j'aurais demandé moi-même l'honneur d'être votre témoin. »

Ces derniers mots calmèrent tout à fait mon ami Florentin, qui, se mettant à sourire cette fois de bon cœur, répondit :

« Merci, mon commandant ; s'il m'arrivait jamais d'avoir une affaire plus sérieuse, je m'en souviendrais. »

Et l'on se sépara en se serrant la main. Frentzel était allée préparer notre café, et l'on déjeuna comme à l'ordinaire.

Le capitaine ne dit plus un mot de reproche à sa femme ; on aurait cru que rien ne s'était passé.

Sébastien Florentin n'était pas d'humeur sanguinaire, mais il avait la fibre chatouilleuse, comme tous les vieux soldats.

Ainsi finit la discussion entre Rosenthâl et mon ami Florentin.

## IV

Vers ce temps, le bruit courait qu'on allait bientôt couronner le duc de Reichstadt à Paris, et tous les anciens se réunissaient une fois par semaine à la ferme du Petit-Saint-Jean, chez le colonel Thomas, à deux kilomètres de la ville, soi-disant pour conspirer ensemble ; mais nos paysans lorrains, assez goguenards de leur nature, en les voyant passer sur la route l'un après l'autre, la grande capote boutonnée jusqu'au menton, le chapeau sur les yeux et la canne sous le bras, se disaient :

« Les bons vieux vont là-bas se donner une petite culotte. »

Quant à moi, je ne sais pas ce qu'ils faisaient et se disaient à la ferme du Petit-Saint-Jean, car mon ami Florentin ne m'y conduisait jamais.

Ces jours-là, Françoise, après dîner, m'emmenait avec elle chez Mᵐᵉ Vidal, au coin de la rue du Collège, où se réunissaient aussi d'autres dames d'officiers, pour tricoter et vider leur petit verre de ratafia, causant de toutes choses.

Justine et moi, nous étions assis près de la table, sur nos tabourets ; on nous donnait quelques écheveaux de laine à dévider ; je tenais l'écheveau sur mes mains écartées, comme un petit saint Jean en adoration, Justine tournait le dévidoir, et nous écoutions tout, sans en avoir l'air.

Quelquefois Justine me faisait signe de regarder la mère Desjardins, penchée sur son tricot, ses besicles, larges comme des verres de montre, au bout de son long nez rouge, où tremblotait toujours une gouttelette de tabac ; alors nous pouffions de rire tout bas sous la table, comme des bienheureux. Mais les vieilles, en se racontant leurs histoires, riaient encore plus que nous ; et se rappelant tout à coup que nous étions là, elles regardaient, et nous reprenions notre air d'innocence.

Mᵐᵉ Richard, la plus grande rieuse de la bande, levait les épaules comme pour dire :

« Ils ne comprennent pas !... Ils s'amusent !... »

Et ces dames continuaient sans se gêner. Mᵐᵉ Vidal sortait de l'armoire son bocal de cerises à l'eau-de-vie ; chacune en prenait à son aise.

Quelquefois elles nous disaient :

« Allons, Justine !... allons, Lucien, venez ici ! »

Et l'on nous mettait une cerise dans la bouche. Cocole embrassait sa petite ; les dames me passaient la main dans les cheveux en disant :

« Ce sera un beau brun... Il a des yeux superbes.

— Quel bandit cela fera plus tard ! » murmurait Mᵐᵉ Richard.

Et Françoise lui répondait :

« Non, ma chère, il est doux comme un mouton. Il sera toujours bien sage, n'est-ce pas, Lucien ?

— Oui, madame Florentin.

— Ah ! ne vous y fiez pas, Frentzel, s'écriait la mère Desjardins, levant le nez et me regardant par-dessus ses besicles : il n'y a pas de pire eau que l'eau qui dort. J'ai vu ça toute ma vie.

— Maintenant, allez vous rasseoir et soyez gentils, » faisait Cocole.

Nous obéissions, sans perdre un mot de tout ce qui se racontait, et même il nous arrivait d'y rêver dans la semaine, Justine me rappelait les mines des unes et des autres, en faisant leurs grimaces, et nous en étions réjouis.

Enfin voilà nos petites réunions.

Et maintenant il faut que je vous raconte ce qui se passa deux ou trois jours après l'affaire de Rosenthâl et de mon ami Florentin : la bonne humeur des dames en parlant de leurs maris.

Elles se faisaient du bon sang !... Je crois encore les entendre !

« Allons, madame Desjardins, avancez votre verre... Vous ne buvez pas.

— Non, Cocole, c'est assez ; je ne veux pas me piquer le nez, il est déjà bien assez rouge comme ça.

— Hé ! qu'est-ce que ça nous fait maintenant ? disait Françoise, nos vieux n'y regardent plus d'aussi près. Versez-moi, Cocole, je n'ai pas peur. Ce soir, quand ils rentreront du Petit-Saint-Jean, ils auront bien assez de peine à reconnaître leur lit, et nous serons encore forcées de leur tirer les bas, je vous en préviens !

— Mon Dieu ! sont-ils donc farces, criait Mᵐᵉ Richard, avec leur duc de Reichstadt, un grand flandrin autrichien qui ressemble à l'empereur comme saint Crépin au bon Dieu ! Savez-vous qu'ils seraient capables de se faire hacher en son honneur, au premier roulement de tambour ?

— Oui, Madeleine, ils en seraient capables, disait Françoise. Est-ce que mon vieux Sébastien, pour un mot de travers, ne voulait pas exterminer Rosenthâl ? Et si nous les avions laissés faire, est-ce qu'ils ne se seraient pas massacrés à coups de sabre du haut en bas ? Est-ce qu'ils se seraient laissé un morceau de viande sur les os ? Tenez, quand on pense à ça, c'est à vous faire frémir. — Passez-moi une cerise, Cocole ; elles sont excellentes, vos cerises ; au moins vous n'y mettez pas trop de sucre. »

Et, tout en prenant deux ou trois cerises dans son verre, elle ajoutait :

« Sébastien me répète encore tous les jours qu'il nous faut la rive gauche du Rhin, et que Reichstadt la prendra. Ils n'ont pas assez d'un Waterloo ; il leur en faut deux, trois, quatre, je ne sais pas au juste.

— C'est comme Michelair, disait la dame du commandant de la vieille garde, chaque fois qu'il entend parler de Waterloo, il casse deux ou trois chaises ; il a déjà démoli tout notre mobilier pour ça.

— Si cela continue, faisait Nicole, en reprenant quelques mailles de son tricot, savez-vous ce que je pense ? Je pense que tous nos vieux deviendront fous et qu'il faudra les conduire à Maréville. Vidal lui-même, le plus raisonnable de tous, a maintenant la berlue ; si je n'étais pas là, il oublierait de toucher sa croix et sa pension : il faut que j'aille moi-même, chez le payeur, réclamer chaque trimestre.

— Ne me parlez pas de ça, reprenait Françoise, sans leurs femmes, tous les hommes ne sauraient où donner de la tête. Il faut que nous ayons de l'esprit pour eux. Le mien voudrait encore être dans les neiges de la Russie, et, chaque fois qu'il me parle des brouillards de la Hollande et de son maréchal Brune, il en a les larmes aux yeux... Quel malheur !...

— Ah ! oui, quel malheur !... » répondaient les autres.

Et là-dessus suivait un long silence. On rêvait, on tricotait ; la mère Desjardins tirait sa tabatière de son tablier et prenait une bonne prise. — Et puis on s'arrêtait un instant, en regardant le soleil qui brillait aux fentes des persiennes, car il faisait chaud dehors.

« Quel beau temps !

— Ah ! oui, s'écriait Françoise ; ça me rappelle Valladolid. Sébastien venait de m'épouser, et, tous les soirs, nous entendions des sérénades dans les environs de notre logement. Sébastien était jaloux...

— Jaloux ? faisaient les autres en levant le nez.

— Oui... jaloux comme un tigre. »

Alors elles riaient, et Françoise, déposant son tricot, continuait d'un air malicieux :

« Nous logions dans une jolie posada, entre cour et jardin, mais pleine de monde, et chaque fois que Florentin était forcé de me quitter pour le service, il allait, venait, regardait, et je devinais tout ce que le pauvre homme pensait ; il aurait voulu pouvoir m'emmener avec lui, faire l'exercice, visiter les postes, remonter la garde ; la trompette avait beau sonner dehors, il ne pouvait se décider à partir.

« Et un matin qu'il tournait comme une âme en peine autour de mon lit, je fus tout attendrie et je lui dis :

— Florentin, veux-tu me faire un plaisir ? Il y a tant d'étrangers dans cette posada que je suis toujours inquiète après ton départ ; tu devrais bien fermer la porte et mettre la clef dans ta poche.

« Alors il aurait fallu le voir respirer, mesdames... Ah ! ah ! il reprenait de l'air, il se gonflait, il revenait ! »

Mᵐᵉ Françoise prenait la mine de Sébastien, et les autres éclataient de rire ensemble.

« Hé! dit Cocole, vous étiez encore bien bonne de vous laisser enfermer par ce jaloux; moi, je l'aurais laissé tourner tant qu'il aurait voulu, mais il ne m'aurait pas enfermée.

— Oh! dit Françoise, en reprenant son travail d'un air de bonhomie, vous pensez bien, ma chère, que j'avais fait faire une autre clef pour sortir; je voulais seulement tranquilliser ce pauvre Sébastien. »

Et toutes recommencèrent à rire ensemble, jusqu'à la petite Justine, qui me regardait en clignant des yeux et en me montrant ses jolies dents blanches. Il paraît qu'elle avait compris la malice de cette histoire; moi je la regardais sans rien comprendre; j'étais comme mon ami Florentin. Les femmes sont plus fines que nous!

Après cela, au bout d'un instant, Françoise, continuant à tricoter et se rappelant ce que Cocole avait dit, reprenait:

« Vous aviez bien raison, Nicole, de dire que j'étais trop bonne de le ménager, car m'en a-t-il fait souffrir, en Espagne et ailleurs!

« Figurez-vous qu'en Espagne nous étions chargés d'escorter les convois du maréchal, qui partaient régulièrement pour la France, vous savez, les convois d'argenterie, de chasubles, de saints-ciboires, de tableaux d'église et d'autres choses pareilles? Il en partait toutes les semaines; et comme le maréchal connaissait Sébastien, nous étions toujours commandés pour l'escorte.

« Moi, voyant partir tout cela, je me disais qu'il aurait été juste que Sébastien, toujours de corvée, en eût sa petite part. — Et voyant pendre un jour, entre les échelles d'une voiture, de gros glands d'or massif, l'idée me vint d'en avoir un peu. Cela ne faisait de tort à personne; les moines étaient contre nous : c'était de bonne prise!

— Hé! bien sûr... bien sûr... disaient les dames, vous aviez une bonne idée.

— Oui, malheureusement Sébastien mettait des sentinelles tous les soirs autour du convoi; dans ce pays sauvage, au milieu des montagnes, au fond des gorges où l'on risquait à chaque minute d'être attaqués, il avait raison. Et puis on faisait halte dans les plus pauvres villages, remplis de gens qui nous en voulaient.

« Sébastien sortait d'heure en heure de la baraque où nous étions, pour surveiller le service.

« Cela dura longtemps, et je ne pouvais pas bouger.

« Mais, une nuit que nous avions doublé l'étape, du côté de Pampelune, et que Florentin dormait comme un sourd, je me levai tout doucement, je pris mes ciseaux dans ma poche, et, voyant que la sentinelle me tournait le dos, j'étais en train de couper un de ces gros glands, qui tenait à la bannière de je ne sais quel saint, quand une sentinelle, placée de l'autre côté de la voiture, me voit au clair de lune et me met en joue en criant : « Qui vive! » Ça réveille tout le monde. Sébastien saute de son grabat; il arrive le sabre à la main, et se met à crier comme un aveugle : « Qu'est-ce que vous faites là, madame? Empoignez-moi cette femme et qu'on la fusille. » Il levait son sabre d'un air furieux, ses moustaches se hérissaient, je n'ai jamais vu de figure plus terrible. Il aurait été capable de me tuer sur place.

« Par bonheur, le gland n'était pas encore tout à fait détaché. Sébastien voulait me faire juger par le conseil de guerre et fusiller dans les vingt-quatre heures. Avait-il l'amour du bien de son maréchal!... Était-il enragé! Voilà... voilà les hommes! il m'aurait sacrifiée pour l'honneur du drapeau, comme il disait. Oui, il l'aurait fait si le lieutenant Trubert, un garçon de bon sens, et l'un des plus beaux hommes du régiment, n'avait pas déclaré que ce gland-là pendait hors de la voiture depuis notre départ, et qu'une des roues de la charette avait usé la corde.

« Sébastien alors se calma, mais vous pensez bien que je n'eus plus envie de rôder, la nuit, autour des convois; j'aimais mieux rester au régiment que de suivre l'escorte.

« Ah! si je n'avais pas eu un homme aussi bête, quel butin nous aurions fait là-bas! Mais, avec un imbécile pareil, qui veut faire juger sa propre femme par le conseil de guerre, allez donc entreprendre quelque chose.

— Ah! dit la mère Desjardins en se levant, vous avez bien raison, Françoise, tous ces vieux-là sont des monstres, ils n'ont pas de bon sens pour deux liards. Au lieu de faire leur pelote, comme des gens raisonnables, de penser à leurs femmes et à leurs enfants, ils n'ont jamais eu qu'une idée : celle de se faire hacher pour défendre les voleries de leurs chefs... Quelle misère!... Peut-on être aussi bête! Mais voilà six heures qui sonnent à la mairie; il est temps d'aller préparer le souper.

— Vous prendrez bien encore un petit verre? disait Cocole. Allons, madame Desjardins, rasseyez-vous.

—— Un peu... si peu que rien, madame Vidal. Assez!... assez!... Ah! vous m'en avez mis trop, disait la vieille; mais, c'est égal, il est si bon, votre ratafia!... si bon!... »

Et, d'un coup, elle avalait son petit verre, puis elle se relevait en s'essuyant les moustaches.

Toutes les autres faisaient comme elle, fourrant leur tricot dans la poche du tablier, et s'en allaient en se donnant rendez-vous pour un autre jour.

Je viens de vous raconter, presque mot à mot, une des visites de ce temps-là. A force d'en avoir vu de pareilles, j'y suis : toutes ces bonnes vieilles défilent devant mes yeux; je les entends encore dans la rue se dire :

« Bonsoir, Nicole!... — Bonne nuit, Madeleine!... Dans huit jours!

— Oui... oui... sans faute! »

Et je les vois s'éloigner en trottinant, toutes pensives.

Ah! c'étaient de maîtresses femmes; on n'en voit plus beaucoup qui les valent : des femmes qui connaissaient la vie de ce monde et qui menaient tout doucement ces terribles vieux de la vieille, qui avaient fait trembler l'Europe.

V

Les choses allèrent ainsi jusqu'au grand hiver de 1829, le premier dont je me souvienne.

Quel événement dans la vie d'un enfant! Il commença pendant la fête de Phalsbourg : les baraques des marchands de pain d'épice furent couvertes de neige.

Mon ami Florentin, voyant voltiger le matin les premiers flocons contre nos vitres, dit :

« C'est le temps de la bataille d'Eylau, où j'ai passé capitaine. »

Et comme M^me Françoise nous apportait le café au lait, en nous asseyant pour déjeuner, il reprit :

« Nous n'étions pas assis devant une écuelle de café, ce jour-là, mon ami; nous étions dans une mare, enfoncés jusqu'au ventre, depuis six heures du matin jusqu'à la nuit. La bataille tournait autour de nous;

l'empereur voulait garder cette position. Nous étions là, dans l'eau de neige et dans la boue que les boulets et la mitraille labouraient. Les cuirassiers russes vinrent nous attaquer trois fois; ils entraient dans la mare jusqu'au poitrail de leurs chevaux, et nous les fusillions. Pendant toute la journée, le 101e n'eut qu'un commandement : « Serrez les rangs! serrez les rangs!...« Vers cinq heures du soir, nous n'étions plus que cent soixante hommes sur dix-huit cents, et le capitaine Rollin me dit : « Lieutenant Florentin, prenez le commandement. » Il était déjà vieux et n'y tenait plus de froid. Sa fille venait de lui apporter une gamelle de soupe chaude, qu'il se mit à manger à cent pas en arrière, sur une petite colline. Mais voilà qu'un boulet arrive et l'emporte avec sa fille. Alors, c'est moi seul, Sébastien Florentin, qui commandais ce qui restait du régiment : j'avais passé sur le corps de tous les autres. »

Il se tut tout rêveur.

« Et tu es resté commandant? lui dis-je.

— Non, mon ami, six semaines après, au recensement général de l'armée, l'empereur, voyant qu'il ne restait que cent quinze hommes au 101e, demanda : « Qui comman- « dait ce régiment à Eylau? — Sébastien Flo- « rentin, lieutenant décoré, sire. — Portez-le « capitaine. » Et je fus capitaine; j'étais décoré depuis Austerlitz. »

C'est ainsi que j'appris qu'il tombait de la neige à Eylau.

Ah! le bel hiver que nous eûmes en 1829! Toujours un temps froid et sec; la neige montait, montait, elle ne fondait pas. On la repoussait chaque matin de sa porte, à grands coups de balai, en se dépêchant et riant; cela faisait des montagnes au milieu des rues; et le long des maisons, c'étaient des tranchées où nous courions, nous autres enfants, comme des lapins dans leurs garennes.

Chaque matin, les mains enfoncées dans les poches jusqu'aux coudes et le nez humide, j'arrivai chez mon ami Florentin, où quelques bûchettes flamboyaient dans le poêle de faïence. Coco dormait sur son perchoir, Azor entre les pieds de son maître; Françoise préparait le déjeuner à la cuisine; tout était calme, paisible.

Mais, chez nous, au fond de l'arrière-boutique, de grosses bûches pétillaient dans le poêle avec un bruit de fusillade; et, les jours de marché, toutes les bonnes femmes, empaquetées dans leurs triples jupons, et le capuchon de la pèlerine rabattu sur les épaules, arrivaient des environs, se pressant autour du feu, se réchauffant les mains à la flamme; et les marchands forains aussi, en hautes guêtres à boutons d'os, le large feutre blanc de neige, la barbe scintillante de givre, les gros souliers à clous luisants imprimés dans la boue du plancher. Quel mouvement dans la boutique et quel bourdonnement de voix, marchandant avec le père, la mère, avec Rose, Katel, Charlotte, en train de peser, de verser, de débiter le sucre, le sel, le poivre, la mélasse derrière les comptoirs!

Et, plus loin, quel coup d'œil, par la grande porte vitrée, ouverte au large malgré le froid: la vieille halle pleine de sacs rangés à la file, les boulangers tâtant le grain, les meuniers repartant avec leurs voitures alsaciennes, attelées de quatre chevaux, pour conduire le froment au moulin!

Oui, c'était un bel hiver!

Sauf les tas de mendiants qui priaient à toutes les portes et qu'on renvoyait avec quelques liards, quelques morceaux de pain, et qui s'en allaient par troupeaux déguenillés, sauf ce triste spectacle, tout était brillant et joyeux sur ce haut plateau de Phalsbourg.

Jamais je n'ai revu, depuis Charles X, tant de mendiants et de plus étranges figures.

C'est là que notre compatriote Callot aurait trouvé de curieux modèles; sans parler des pèlerins arrivant à la file de Hazlach et de Marienthal, en Suisse, psalmodiant leurs prières, malgré la bise, comme des volées de corbeaux.

Le temps a tiré son rideau sur tout cela; il faut l'avoir vu pour se le figurer.

Et puis les batailles à coups de pelotes de neige, entre les élèves du collège et les élèves du père Vassereau; les cris: « En avant! » l'attaque et la retraite; la cloche du collège qui sonne, le calme qui se rétablit tout à coup: tout le monde est en classe.

J'assistais à tout cela matin et soir. J'y suis encore, le nez rouge, les oreilles dans mon bonnet de peau de renard. La petite Justine, de l'autre côté de la rue, dans leur cour, me fait signe d'arriver, et je grimpe bravement sur les tas de neige, je roule comme un caniche pour aller la rejoindre. Sa mère, Mme Nicole, lui avait fait un petit manchon en peau de lapin.

« Oh! Lucien, me disait-elle, comme tes mains sont rouges! que tu dois avoir froid! Mets-les bien vite dans mon manchon..... Hein! comme il est chaud!

— Oh! oui, il est bien chaud. »

Et je la regardais en me réchauffant les mains.

Ensuite on entrait bien vite dans la chambre; et comme le père Vidal était là, toujours grognon, je n'osais rester longtemps avec elle: j'allais rejoindre mon ami Florentin.

Et la fête de Noël donc! celle du nouvel an! le petit sapin garni de lampions et d'une foule d'excellentes choses: pralines, massepains, noix dorées, gâteaux d'anis, etc.!

Quant aux lampions, je m'en serais bien passé; mais pour les friandises, c'était différent, et je grimpais bien vite sur une chaise pour les regarder de plus près.

Mais ce qui me revient surtout de l'hiver de 1829 avec un attendrissement véritable, c'est saint Nicolas, le patron de la Lorraine, avec sa grande barbe et son bonnet d'évêque. Il arriva, cette année-là, chargé de noix et de gâteaux, et je crois encore entendre dehors, dans la nuit noire, au milieu des sifflements de la bise, sous la halle, — où quelques vieilles: Annette Petit, la mère Balais, grelottaient, les pieds sur leurs chaufferettes, entre deux chandelles, devant leurs paniers de pommes d'api et de noix sèches, — il me semble entendre des voix joyeuses et traînantes, les voix de quelques camarades, chanter à gorge déployée:

Saint Nicolas Barbara,
Marchand d'allumettes,
Qui a vendu sa femme pour une poire blette!

Quel étrange effet du souvenir! Ces paroles viennent de ressusciter en moi toute une génération éteinte, tout un monde disparu, tous ces vieux dont il ne reste que poussière, et je me mets à fredonner tout bas, les larmes aux yeux:

Saint Nicolas Barbara,
Marchand d'allumettes...

Quel mystère que la vie!

Mais écoutez l'arrivée de saint Nicolas chez nous.

Un soir, mon ami Florentin et sa femme, M. Vidal, Nicole et leur petite Justine se trouvaient réunis, comme par hasard, dans notre arrière-boutique, après souper.

Mon père, selon son habitude, lisait le *Constitutionnel* à haute voix, s'arrêtant de temps en temps pour faire ses réflexions. Justine et moi, nous regardions ensemble, les yeux écarquillés et le cou tendu, une vieille Bible illustrée, dont les images nous émerveillaient. Et tout à coup, dehors, un âne se met à braire:

« Y-â!... y-â!...

— Qu'est-ce que c'est?

Figurez-vous qu'en Espagne..... (Page 13.)

— Un âne. »

Tout le monde écoute, et M<sup>me</sup> Nicole s'écrie : « C'est l'âne de saint Nicolas ! »

En même temps, la porte de la boutique s'ouvre, et saint Nicolas lui-même, en bonnet d'évêque, sa tignasse de cheveux roux tombant sur le dos, un sac de toile d'emballage pour manteau, et ses gros sabots remplis de paille, entre. On l'entend traverser le magasin... C'est terrible !

Justine se cache derrière moi, et notre petite porte vitrée s'ouvre.

Le voilà !

Il a entraîné sa bourrique jusqu'à notre chambre, avec ses deux grands paniers, et il regarde.

« Où sont-ils ? s'écrie-t-il d'une voix grave.

— Qui cherches-tu, saint Nicolas ? répond la mère.

— Les enfants méchants... les gueux qui ne veulent pas obéir à leurs parents... qui ne vont pas à l'école ! »

On se tourne de mon côté. Justine s'est glissée sous la table comme une ombre.

Moi, je me redresse tout pâle et je regarde cet étrange personnage en face : sa barbe blanche, qui lui tombe sur l'estomac, comme la mousse des vieux bouleaux, son nez rouge, ses yeux couverts de cils jaunes, et je me dis :

« S'il veut me prendre, mon ami Florentin me soutiendra, comme je l'ai soutenu.

— Êtes-vous content des vôtres ? reprend saint Nicolas.

Alors, fou de colère, je me jette devant elle. (Page 17.)

— Hé! hé! dit le père, pas trop... pas trop... Lucien ne sait pas encore lire.

— Il commence, dit le capitaine Florentin, ça viendra.

— Et puis, dit le père, il court dehors dans la neige, il ne veut rien écouter.

— Ha! ha! fait saint Nicolas, c'est donc un gueux! » Et il étend la main.

Ma mère me prend entre ses genoux.

« Non, laissez-le-nous encore pour cette fois, saint Nicolas; il deviendra plus sage... n'est-ce pas, mon enfant? »

Je serre les lèvres sans répondre, et derrière moi, sous la table, Justine me retient par la jambe.

« Et l'autre? s'écrie saint Nicolas, en se tournant vers le capitaine Vidal.

— Moi, dit le vieux grognon, je ne suis pas content du tout... pas du tout!.. Justine n'obéit pas.... Justine n'écoute rien... Justine...

— C'est bon!... c'est bon! Où est-elle? Je vais l'empoigner, interrompt saint Nicolas; où est-elle? »

Et il se baisse.

Justine crie :

« Lucien! Lucien! »

Alors, fou de colère, je me jette devant elle, les poings fermés, et saint Nicolas recule en disant :

« Tu veux donc que je te mette dans ma hotte, mauvais garnement?... Arrive! »

Mais tout le monde était content de moi; le père Vidal lui-même riait.

« Allons... allons... disait-il, c'est bien...
Il la défendrait bien... il ne la laisserait pas
enlever par les cosaques. Arrive ici que je
t'embrasse ! »

Et Nicole aussi m'embrassait.

Sébastien était fier de son ami.

« Je vous l'avais bien dit, s'écriait-il de
sa grande voix, tout joyeux, c'est un
brave ! »

Dans ce moment, une grêle de noix roulait
sur le plancher, l'âne se remettait à braire,
et saint Nicolas, le dos rond, le chapeau
d'évêque penché sur la nuque, s'en allait
traînant l'âne par son licou, en allongeant
le pas.

Un coup de vent entrait, faisant tourbil-
lonner la lampe, et l'on entendait chanter
dehors la foule des enfants :

Saint Nicolas Barbara,
Marchand d'allumettes..
Y-â !.., y-â !...

Rose allait refermer notre porte : Justine,
encore tout inquiète, sortait de dessous la
table ; on nous distribuait ce que saint Nicolas avait apporté : des pommes, des noix, des
gâteaux de pain d'épice. On nous montrait
aussi sur la table une grande verge de cou-
drier, qu'il avait laissée là pour nous avertir
d'être plus obéissants à l'avenir.

Telle était autrefois la visite de saint Nicolas, au cœur de l'hiver, dans notre vieille
Lorraine.

Pauvre saint Nicolas ! le chemin de fer t'a
emporté comme tant d'autres choses.

VI

Vers la fin de cet hiver, il se fit de grands
changements chez nous.

Le soir, pendant que l'on comptait l'argent
et que le père le mettait en rouleaux, il ne
venait autrefois que trois ou quatre officiers
plus ou moins éclopés, qui restaient assis
derrière le fourneau, toujours à se plaindre
de leur balle qui descendait, car ils avaient
presque tous une balle que le médecin du
régiment n'avait pu leur extraire.

On les écoutait, tout en causant des affaires, de la vente du jour, des prochaines
échéances, et, vers dix heures, on se donnait
le bonsoir.

Mais, dès les premiers jours de janvier

1830, tout à coup notre arrière-boutique devint le rendez-vous d'autres personnages :
M. Désiré Parmentier, fils du baron Parmentier, ancien maire de Phalsbourg sous
l'empire ; le notaire Eschbach, l'entrepreneur
des fortifications Lemblin, le gros percepteur
Bougel, parlant haut, le ventre garni de breloques ; que sais-je ? tous les gens considé-
rables de la ville, sauf les royalistes et les
jésuites, fréquentaient notre maison.

Et le soir, on ne parlait plus que de Po-
lignac, de Bourmont, de la garde suisse, etc.

Mon père ne pouvait s'empêcher d'ajouter
quelquefois un mot brusque à la conversa-
tion, car il était passionné dans sa manière
de voir et détestait les Bourbons autant que
les Bonaparte.

Pourquoi tous ces gens venaient-ils chez
nous plutôt qu'ailleurs ? Je n'en sais rien,
mais, à certains moments, on va chez ceux
qui partagent nos opinions et qui nous ins-
pirent le plus de confiance.

Ordinairement, au début de la conversa-
tion, notre servante Rose venait pour m'emporter, mais je criais, et le père disait :

« Laissez-le ! »

Et je m'endormais bientôt à ce bourdonnement de paroles, l'oreille sur le bras au bord
de la table.

Mais, un soir, je m'éveillais fort tard, et
ce n'est pas le bruit, c'est le grand silence
qui m'éveilla. Tout le monde était parti, la
boutique était fermée, et le père lisait son
journal en face de la lampe. Il semblait
pensif, sa touffe de cheveux bruns tombait
sur son front large ; le nez recourbé, les lèvres et le menton serrés, il ne bougeait pas,
absorbé par sa lecture. Ma mère, plus loin,
assise au bureau, transcrivait les écritures
du brouillard sur le grand-livre. J'entendais
courir la plume.

Cela dura quelques instants.

Puis tout à coup le père, déposant son
journal, dit d'un ton grave.

« Nous approchons d'une révolution...
Cela ne peut plus tarder longtemps, car tout
le monde est mécontent, tout le monde voit
où veut nous mener Charles X. Cet homme-
là se laisse conduire par l'émigration, c'est
une vieille ganache. »

La mère s'était retournée et l'écoutait sans
répondre ; moi, les yeux fermés, j'entendais
sans bien comprendre le sens des paroles,
mais très étonné de me trouver là, car je ne
me réveillais d'habitude que dans mon lit.

« Oui, tout le monde conspire maintenant,
reprit le père : le roi, poussé par les jésuites,

conspire contre la nation ; le duc d'Orléans, soutenu par les journalistes et les gros bourgeois, conspire contre son cousin ; les bonapartistes conspirent pour le duc de Reichstadt, et le peuple compte sur Lafayette. — On est las de ces imbéciles qui nous gouvernent en dépit du bon sens : on est las des processions, des expiations et de toutes les autres farces dont on nous berne depuis 1815 ! »

Il s'animait, et comme la mère ne disait rien, il poursuivit :

« Il faut que Paul revienne ici, — c'était mon frère, mon aîné de quinze ans et dont je me souvenais à peine, — ce garçon-là me dépense trop d'argent ; au lieu de s'occuper des affaires, il court les théâtres et peut-être autre chose. Je vais lui signifier d'avoir à rentrer et de choisir un état. — A vingt-trois ans, moi, j'étais marié, j'avais fondé cette maison, elle marchait bien. Je ne suis pas habitué à nourrir des fainéants, et puis je ne veux pas non plus qu'il se fasse tuer là-bas pour le finaud qui mettra la main sur les marrons !

« Il faut aussi que Juliette revienne de sa pension, elle a quinze ans, il est temps de la mettre au commerce. Quant à Louis, il connaît assez de grec et de latin, nous allons le placer dans une bonne maison de gros, à Marseille, à Rouen, n'importe où ; le principal, c'est de savoir gagner sa vie ! — Et pour celui-ci, dit-il en me regardant, on le laissera quelque temps encore chez M. Florentin, il n'est pas bon qu'un enfant soit enfermé si jeune, mais, à la fin de l'automne prochain, pendant l'hiver, il ira chez M. Vassereau. »

Alors il se tut ; et la mère, qui ne songeait jamais qu'aux affaires, lui dit :

« Nous avons beaucoup de marchandises, Pèlerin, et des échéances sérieuses pour fin mars.

— Oui, dit le père en se levant, on continuera de vendre et l'on arrêtera les commandes en attendant les événements ; ils ne tarderont pas. Un roi qui passe sa vie à la messe et à la chasse ne convient pas à ce pays. — Allons nous coucher. »

La mère me prit dans ses bras et m'emporta tout assoupi. Cela ne m'avait pas empêché de tout entendre ; et les événements prévus par mon père s'étant produits plus tard, je me suis rappelé ses paroles. Elles dénotaient un grand sentiment politique et la connaissance des hommes. Tout le pays venait le consulter, et, quoiqu'il soit mort depuis bien des années, quelques vieux bourgeois, qui restent de notre petite ville, parlent encore de M. Pèlerin avec respect.

Mais il faut maintenant que je vous raconte comment j'entrai dans la grande conspiration bonapartiste ; c'est à mon ami Florentin que j'ai dû cette gloire singulière, à l'âge de six ans.

Les vieux de la vieille, malgré le vent, la neige, la glace de ce rude hiver, n'avaient pas cessé de se réunir à la ferme du Petit-Saint-Jean, chez le colonel Thomas, un grand gaillard à la tête de loup, les épaules voûtées, les moustaches grises pendantes, et dont la physionomie n'était pas tendre.

Il portait un feutre à larges bords, sous lequel se hérissaient ses favoris d'un blanc roux, et marchait lourdement, ayant servi dans la grosse cavalerie.

C'est lui qui conduisait le parti bonapartiste dans nos environs.

Nous arrivions alors en mars 1830. La masse de neige, fondant aux premiers rayons du soleil, avait rendu les chemins impraticables, et les vieux décidèrent qu'on se réunirait à l'hôtel de *la Ville de Metz*, chez Florent Hoffer, dans une grande salle du premier, où l'on pourrait crier à son aise, tout en bien mangeant et buvant sec, sans craindre d'être entendu des voisins.

L'hôtel de *la Ville de Metz* était excellent ; le poisson, le gibier et le bon vin n'y manquaient jamais ; cette façon de conspirer convenait beaucoup aux vieux braves, mais convenait moins à leurs épouses.

Mme Françoise essaya d'abord d'en détourner mon ami par de bonnes paroles, en lui faisant craindre pour sa croix et sa pension ; mais Florentin fut intraitable : il se fâchait... Frentzel dut se résigner et attendre.

Or, un jour, vers cinq heures, mon ami Florentin revenait de là le nez rouge et les yeux farouches, car depuis la conspiration tous ces vieux reprenaient un air terrible ; ils se croyaient sans doute en campagne, du côté de Smolensk ou de Saragosse. — Françoise se trouvait justement à la cuisine, en train de préparer le souper, et mon ami Florentin, me voyant seul avec Azor et Coco, parut content.

La nuit venait, il accrocha sa capote dans le placard, mit sa camisole de tricot, puis, s'asseyant dans son fauteuil, sa canne entre les genoux, il me dit :

« Approche, mon ami. »

Il me passa la main dans les cheveux et murmura :

« Tu es un brave, un vrai brave... mais il ne s'agit pas de ça... Es-tu pour Charles X ou pour Napoléon ?

— Je suis pour Napoléon, lui répondis-je, ayant un grand amour des batailles qu'il me racontait et de la trompette du régiment, que j'entendais sonner matin et soir.

— A la bonne heure ! fit-il, la figure enluminée, je le savais. Embrassons-nous ! »

Et nous nous embrassâmes.

Puis il me dit :

« Va voir si la porte de la cuisine est fermée, tu mettras le verrou ; il ne faut pas que les femmes entrent dans nos affaires. »

J'obéis.

Alors, dans cette petite chambre, où la lumière du soir répandait sur la vieille commode plaquée, sur la vieille chiffonnière et les vieux meubles une teinte grise, il se passa quelque chose d'étrange.

Sébastien Florentin commença par dévisser le pommeau de sa canne d'un air solennel, et dans ce pommeau m'apparut une petite statuette en bronze, haute d'un pouce : la statuette de Napoléon, avec sa grande capote et son chapeau de gendarme enfoncé sur les yeux, sa main gauche dans son gilet ; Florentin, me le montrant, murmura :

« Le voilà, mon ami !... Regarde-le bien... C'est lui !... Le voilà comme je l'ai vu à Marengo, Austerlitz, Iéna, Friedland, Eylau, Wagram... Le voilà, tranquille, avec sa capote grise, son chapeau et sa lunette d'approche.

« Ah ! les traîtres ne l'empêcheront pas de revenir ; il s'appellera cette fois Napoléon II, duc de Reichstadt ; tu m'entends ?

— Oui, mon ami.

— Et tu te battras pour lui sous le drapeau tricolore, l'aigle en haut ; tu m'entends ?

— Oui, mon ami.

— Tu le jures ?... Lève la main ! »

Je levai la main.

« Et crie : « Vive l'empereur ! »

Je criai de toutes mes forces :

« Vive l'empereur ! »

Coco, qui s'endormait, se réveilla brusquement et se mit à crier, d'un ton aigre :

« Gratte, Coco !... Gratte, Coco !... »

Azor aboya.

Le pauvre vieux en pleurait d'attendrissement. Il était dans les vignes du Seigneur.

Et, comme Françoise, à ce bruit, voulait entrer dans la chambre, le brave homme, revissant son petit fétiche dans la pomme de sa canne, me dit :

« C'est bien !... Maintenant tu peux ouvrir

à Frentzel ; mais tu ne lui diras rien, ni à ton père, ni à ta mère, ni à personne !

— Non, mon ami. »

J'allai donc ouvrir, et Frentzel entra, portant la lampe qu'elle venait d'allumer dans la cuisine ; elle la posa sur la table, en demandant :

« Qu'est-ce qui vient donc de crier, tout à l'heure, Florentin ?

— C'est moi... J'ai éternué, dit-il, et Coco s'est réveillé.

— Ah ! c'est bon ! » dit Françoise en retournant à son ouvrage.

Et voilà comment j'entrai dans la grande conspiration des bonapartistes de 1830.

Voilà comment les pauvres vieux s'attendaient à voir revenir le grand homme qui les avait promenés d'étape en étape, le sac au dos, à travers l'Europe, semant leurs os partout en l'honneur de Joseph, de Louis, de Jérôme, les gens que vous savez, hélas !

Oh ! pauvres vieux de la vieille, pauvres Gaulois, toujours batailleurs et naïfs, que de courage, de vertus guerrières, que d'héroïsme vous avez dépensé pour ce César italien, qui n'a jamais vu qu'une chose dans ce monde : la gloire de Bonaparte !

## VII

Les beaux jours étaient enfin revenus ; nous arrivions au mois d'avril 1830. Jamais printemps ne fut plus précoce.

Mon ami Florentin, malgré les préoccupations du moment, — car la police était en éveil : le brigadier de gendarmerie Muller avait fait prévenir sous main son ancien capitaine Vidal, que l'ordre de dresser une liste des patriotes trop exaltés était arrivé ; les réunions à la Ville de Metz étaient suspendues, et chez nous on parlait moins haut ; — malgré tout cela, Sébastien et moi, nous allions conspirer ensemble dans sa baraque.

Il me semble encore courir dans le petit sentier des glacis, pour gagner notre jardinet : les hautes herbes pleines de marguerites sauvages et de boutons d'or frissonnent à mes côtés, les papillons voltigent, les abeilles bourdonnent, Azor me montre le chemin en bondissant et se retourne tout joyeux, et mon ami nous suit, tout riant, sa petite chopine de vin blanc et sa croûte de pain dans la poche.

Quel beau temps que celui de l'enfance ! Comme tout brille à vos yeux ! Que la lumière est pure !... Que le parfum des fleurs est pénétrant, et que vos sensations sont vives !... — Aucune crainte de l'avenir, aucune arrière-pensée qui vous troublent ; rien qui vous inquiète.

Ah ! oui, ce sont les seuls jours qui méritent d'être regrettés ; tant de soucis se mêlent plus tard à nos espérances, à nos bonheurs.

Mais, parmi mes souvenirs d'enfance, il n'en est pas un seul qui me revienne avec plus d'éclat que celui de notre matinée dansante à la ferme du fond de Fiquet.

Il faut que je vous raconte cela, car c'est comme un point lumineux dans mon existence.

Les bonnes commères dont je vous ai parlé : Mme Richard, Mme Vidal, la grand'mère Desjardins, Mme Françoise, et d'autres dont le nom m'échappe aujourd'hui, avaient comploté de donner un bal champêtre le jour de la Fête-Dieu à tous les enfants de notre société.

Je devais en être. Ma mère, prévenue à l'avance, m'avait fait faire un costume tout neuf un costume de petit paysan alsacien, du Kokesberg : le tricorne, le gilet écarlate, la culotte, les bas montant jusqu'aux genoux, les souliers à boucles d'acier, rien n'y manquait, et cela m'allait à ravir, avec mes grosses joues rouges et mes cheveux châtains bouclés.

La première fois qu'on me mit ce costume et qu'on me plaça devant le miroir, je ne pus croire que c'était moi, tant je me trouvai beau.

C'était un matin, après déjeuner ; comme je m'admirais encore, Mme Françoise arrive dans ses plus beaux atours, pour me prendre ; et, au lieu d'aller chez mon ami Florentin, nous sortons par la porte de Saverne, nous descendons vers l'ancienne briqueterie Pernett, en longeant les petits jardins des glacis. — Tout le monde me regardait en souriant ; je demandais à Frentzel :

« Où donc allons-nous ?

— Tu vas voir, faisait-elle. C'est grande fête aujourd'hui, Lucien, la Fête-Dieu ; tu vas faire ton entrée dans le monde. »

Et nous suivions l'allée des peupliers, vers la ferme, quand tout à coup, qu'est-ce que j'aperçois ?

Devant la maison d'habitation, près du bassin entouré de vieux saules, une grande réunion, rien que des petits garçons et des petites filles : les uns en hussards, en colonels, en mamelucks ; les autres en marquises, en bergères, en sultanes.

Et tout cela riait sous un rayon de soleil splendide !

Là se trouvaient Alfred Tardy, Eugène Bidoux, Charles Delorme, Justine Vidal, Pauline Richard, Léontine Giraud, surnommée le dragon, et bien d'autres, chantant, sautant, s'embrassant.

Je ne pouvais en croire mes yeux, et je restais en admiration, quand Justine arrive en petite paysanne alsacienne, l'avant-cœur parsemé de paillettes d'or, et se jette dans mes bras toute riante, en me disant :

« Comment me trouves-tu ? Est-ce que je suis bien habillée ?

— Tu es la plus belle de toutes, lui répondis-je. Et moi ?

— Tu es aussi le plus beau, avec ton gilet rouge. Mais tu ne danseras qu'avec moi, tu m'entends, Lucien ?

— Oh ! bien sûr...

— Oui... mais si un autre vient me prendre ?

— Je tombe dessus, » lui dis-je en fermant les poings.

Justine alors, m'entourant le cou de ses bras, fut heureuse.

« Eh bien ! arrive... » dit-elle.

Et nous voilà lancés dans la bande, au milieu des cris de joie, des éclats de rire. Les mères, assises sur un banc contre la charmille, nous regardaient attendries.

Puis tout à coup nous entendîmes l'appel à la danse. C'était M. Châzi, ancien fourrier de voltigeurs, et dans ce temps maître d'armes et de grâces françaisse à Phalsbourg, qui préludait, la jambe droite en avant, le menton serré sur le violon, son gros nez penché sur la joue et le coude en l'air. Il avait sa grande redingote marron à taille courte, les bas de soie blancs, les escarpins, la culotte de nankin à breloques des grandes occasions, et lançait son premier coup d'archet, en s'écriant :

« Choisissez vos dames. »

Mais Justine m'entraînait alors dans une allée détournée ; elle me conduisait voir le buffet, dressé dans une baraque en planches au fond du verger, elle me montrait les crèmes, les petits pâtés, les croquettes, les gâteaux de toute sorte.

« Ce sera pour notre dîner, disait-elle, quand on se sera bien amusé. Maintenant, viens ; tu entends les autres, là-bas, qui tournent déjà. »

Nous courions. Elle me répétait :

« Tu ne danseras qu'avec moi.

— Sois donc tranquille, Justine, lui disais-je, en levant les jambes l'une après l'autre et les balançant, comme j'avais vu faire à nos paysans. Va, ne crains rien, nous allons nous en donner. »

Et c'est ainsi que nous entrâmes dans le tourbillon.

Je faisais faire des pirouettes à ma danseuse. La bonne Nicole et Françoise riaient les larmes aux yeux. De temps en temps elles nous appelaient pour nous essuyer la figure.

« C'est bien, vous dansez comme deux anges, disait Frentzel. — Allons, Lucien, embrasse ta petite femme. »

Ce que je faisais avec empressement.

Et Nicole disait :

« Nous les marierons ensemble. — Tu veux bien, Lucien ?

— Oh ! oui... je veux bien. »

Après cela, nous recommencions à sauter, à tourner de plus belle. Tous les autres ne nous inquiétaient pas, nous ne voyions que nous.

Et maintenant que j'y songe, il me semble que le cadre de cette fête champêtre était admirablement choisi à la vieille ferme Pernett.

Les grands peupliers qui s'effilent dans l'air, le bassin où s'élève le jet d'eau qui s'égrène à la lumière éblouissante comme une gerbe de diamants et rafraîchit, en retombant, la pelouse ; plus loin, au delà de la haie touffue couverte d'églantines, la petite chapelle de Saint-Jean, et autour de nous l'ombre tremblotante des poiriers blancs, des pommiers roses moutonnant à perte de vue dans le verger ; et ce papillotage des feuilles, ce frémissement de la brise effleurant les herbes, tout me revient comme un rêve de Boucher où de quelque autre maître inspiré par la fantaisie.

Ai-je besoin de vous parler encore du dîner, du bon appétit des danseurs et des danseuses ? Non, ces choses vont de soi.

Mais il faut que je vous raconte, pour la fin, une petite scène que la suite des années n'a pas effacée de ma mémoire et qui répand une teinte sombre sur ce souvenir joyeux.

Je vous ai dit qu'au delà de la grande haie, toute parfumée d'églantines, se dressait la petite chapelle de Saint-Jean. Une allée y menait ; et vers le soir, ayant bien dîné, bien dansé, bien ri, Justine et moi, nous descendions cette allée bras dessus, bras dessous, quand nous vîmes que la chapelle était ouverte.

Or, on ne l'ouvrait jamais, et pour voir à l'intérieur, il fallait se dresser sur la pointe des pieds et regarder par un trou rond percé dans la porte.

Alors on découvrait un petit autel orné d'un crucifix d'ivoire, de deux vases de faïence et de quelques petites statuettes en plâtre ; tout cela vieux, si vieux que c'en était devenu jaune.

Depuis combien d'années la chapelle était-elle fermée ? Dieu le sait.

La voyant donc ouverte, nous courûmes, et qu'est-ce que nous aperçûmes ? M. le commandant d'artillerie Tardy de Montravel et cinq ou six ouvriers maçons munis de pioches et de leviers.

La chapelle de Saint-Jean se trouvait dans le périmètre de la place, le commandant avait voulu la visiter ; peut-être avait-il l'idée de la supprimer.

Enfin, ces gens étaient là, nous tournant le dos ; ils levaient une grande dalle devant l'autel, et nous, curieux comme tous les enfants, nous regardions entre les jambes des ouvriers ce qu'ils faisaient là.

La dalle levée, appuyée au mur, en nous penchant nous vîmes le squelette d'un homme vêtu d'un justaucorps et d'une culotte de cuir roux, les larges bottes évasées remontant jusqu'à mi-jambe et l'épée au côté. A sa droite, sous les os de ses doigts sortant de la manche, se trouvait un rouleau de parchemin.

M. Tardy, grand, sec, déjà vieux, regarda quelques instants, le front pensif, puis il dit à l'un des ouvriers :

« Michel, passez-moi ce rouleau. »

L'ouvrier le lui remit.

Il le déroula et s'approcha de la petite fenêtre en ogive pour le lire. Les ouvriers, les mains appuyées sur les manches de leurs pioches, attendaient en silence, lorsque, élevant la voix, le commandant dit :

« C'est de l'espagnol. — Nous voyons là don Ramon Hurtado, capitaine aux armées de Montécuculli, — l'adversaire de Turenne et du prince de Condé, — tué dans un combat près du château de Bernardhausen, — aujourd'hui Phalsbourg, — en l'an du Seigneur 1675. »

Après avoir dit cela d'un accent solennel, il rendit le parchemin à l'ouvrier en lui disant :

« Remettez cela dans la tombe et ne touchez pas à l'épée de ce vieux brave. C'est ainsi qu'on retrouvera nos camarades dans toutes les parties de l'Europe, de Lisbonne à

Moscou, et tous les honnêtes gens diront comme nous : — Laissons dormir ce brave... Ne touchons pas à son épée ! — Allons, mes amis, qu'on remette la dalle et que don Ramon repose en paix. »

Les ouvriers se remirent à l'ouvrage.

Justine et moi, nous courions déjà dans l'allée, tout épouvantés de ce que nous avions vu.

Nous n'en dîmes pourtant rien à personne, de crainte d'être grondés ; mais, vers la nuit, en rentrant en ville, nous tenant à la main de Françoise et de Nicole, à chaque seconde nous regardions derrière nous dans l'allée des peupliers déjà sombre, pour voir si don Ramon Hurtado ne nous suivait pas !

## VIII

Peu de temps après cette fête, on apprit à Phalsbourg que Hussein-Pacha, dey d'Alger, avait frappé notre ambassadeur de son éventail et qu'on allait dénicher les pirates.

Il n'était plus question que des préparatifs de l'expédition, du nombre des troupes embarquées, des malheureux chrétiens retenus au bagne par les infidèles et de l'horrible brigandage des Turcs dans la Méditerranée.

Tous les soirs, le père lisait chez nous les détails dans le *Constitutionnel*, et chacun approuvait le châtiment qu'on voulait infliger aux barbares.

Je me souviens aussi que mon père, se méfiant d'autre chose, avait écrit à mon frère Paul de revenir à la maison et qu'on attendait son retour avec impatience.

Tout enfant que j'étais, rien ne m'échappait, et je me suis souvent étonné depuis de la masse de faits qu'un enfant est capable de comprendre et de retenir ; il me semble même que bien peu d'hommes doublent le capital d'idées qu'ils ont recueilli dans leur première jeunesse.

Une particularité qui me frappe encore quand j'y pense, c'est la visite que fit alors George Mouton, comte de Lobau, à Phalsbourg. Il se trouvait à la Chambre des députés, dans le parti libéral, et venait sans doute apporter le mot d'ordre aux vieux de la vieille, ses anciens camarades.

Naturellement, la police avait reçu l'ordre de surveiller ses démarches ; mais ce n'était pas un vieux routier comme lui qu'on pouvait prendre dans une souricière.

Justine et moi, nous courions toujours l'après-midi, sous les grands ormes de la place d'Armes, avec d'autres enfants. Mouton s'y promenait, et je le regardais attentivement, car mon ami Florentin m'avait raconté qu'il commandait la jeune garde à Waterloo, et qu'avec onze mille jeunes soldats il avait tenu tête aux trente-deux mille hommes de Bulow, venus pour nous attaquer en flanc ; qu'il les avait arrêtés six heures, et que, seulement à la nuit, abattu sous les pieds de son cheval, culbuté, traîné, renversé cinquante fois jusqu'au village du Mont-Saint-Jean, on l'avait étendu là sur un banc de pierre, devant une petite auberge, et laissé pour mort.

Depuis, j'ai vu ce banc au village du Mont-Saint-Jean, et je l'ai regardé longtemps, songeant au courage héroïque de notre compatriote.

C'était un homme grand, carré, au nez large, au front saillant, les yeux couverts d'épais sourcils grisonnants et le menton solide ; mais, en habits de ville, on aurait dit un bon propriétaire lorrain qui ne songe qu'à planter ses choux.

Ses amis, Thomas, Michelair, Metzinger, Boyer, l'accompagnaient ; ils allaient et venaient, causant à l'ombre des grands arbres, et la police ne pouvait rien y redire.

Mais il se produisit un événement imprévu, qui pouvait gâter les affaires.

Le comte Lobau logeait chez un de ses amis, le baron Parmentier, sur la place d'Armes, et nous avions alors à Phalsbourg un ancien sergent-major de voltigeurs, être remuant, hâbleur, ennuyé de son état de relieur, qui cherchait toutes les occasions de parler, de se poser comme un personnage.

Cet individu, nommé Speck, ayant appris que George Mouton était en ville, résolut aussitôt de lui faire une harangue. Il réunit à cet effet une vingtaine de patriotes épris de sa faconde et leur proposa de l'accompagner ; puis ils traversèrent la place d'Armes pour se rendre chez le général.

Justine et moi, nous étions sous les ormes, comme d'habitude, et voyant passer ce singulier cortège, nous le suivîmes, sans savoir ce qu'on allait faire. Comme Speck arrivait au seuil de la maison, George Mouton en sortait avec ses amis. Quelle ne fut pas sa surprise de voir Speck se dresser fièrement sous son nez, dérouler un papier qu'il tenait à la main et se mettre à le haranguer !

Il le déroula et s'approcha de la petite fenêtre. (Page 22.)

Les gendarmes Werner et Keltz, qui se trouvaient sur la place, à la vue de cette foule, accoururent, et Speck, sans se troubler, continua bravement à lire sa pancarte.

George Mouton avait d'abord froncé le sourcil, mais, voyant ce dont il s'agissait, il attendit avec patience la fin de la cérémonie; ensuite il dit d'un ton de bonne humeur, à Speck, en tirant une grosse tabatière de sa poche :

« C'est bien, mon garçon, c'est très bien; votre petit discours m'a réjoui. »

Et lui présentant la tabatière, il lui demanda tranquillement :

« En usez-vous ? »

Speck, qui s'attendait à quelque chose de grand, resta tout interloqué.

Justine, plus maligne que moi, me poussait du coude en riant. D'autres se mettaient aussi à rire, et, comme Speck, prenant une prise, répondait :

« Ce sera le plus beau souvenir de ma vie, mon général. »

Lobau lui dit d'un air assez goguenard :

« Eh bien ! puisque cette prise vous fait tant de plaisir, prenez-en deux ! »

Alors un fou rire éclata de tous les côtés, les gendarmes eux-mêmes s'en mêlèrent, et le pauvre Speck, perdant contenance, traversa la foule et disparut dans l'allée voisine.

Justine et moi, nous courions déjà chez Florentin ; c'est elle qui lui raconta la déconfiture de Speck.

Florentin, la main sur les yeux... (Page 26.)

« Est-ce vrai, mon ami? » me demanda-t-il.

Et, comme je lui répondais que c'était vrai, le brave homme, assis dans son fauteuil, se mit à rire si fort qu'il manqua de s'en tordre les côtes.

« Speck! s'écriait-il, un misérable Speck... un ancien sergent-major... un petit relieur, aller faire des discours à George Mouton, le « roi des soldats » ! Ha! ha! ha! Frentzel... Frentzel... viens ici... Écoute un peu ce que raconte Justine... Ah! la bonne farce... une prise... il lui a donné une prise ! »

Le fait est que, depuis ce jour, le malheureux Speck n'osa plus haranguer personne.

Quant à George Mouton, naturellement go-guenard, comme on l'a vu par la suite dans l'affaire des pompes à Paris, il alla manger des kisch [1], chez son ami Jean-Baptiste Vacheron, le boulanger d'étape.

Jean-Baptiste était le plus vieux camarade des anciens braves de Phalsbourg.

Pendant que les autres couraient le monde, il faisait du pain de munition, et chaque fois que l'un d'eux revenait en congé, après avoir embrassé le père, la mère, il allait chez Vacheron s'asseoir dans la petite boulangerie, devant la table de sapin. Jean-Baptiste avait préparé ses kisch, on les mangeait en vidant une ou deux bouteilles de vin blanc et causant des anciens, tombés en Égypte, en Alle-

1. Galette lorraine.

4

magne, en Russie ou ailleurs depuis nombre d'années, et du vieux Phalsbourg, dont il restait si peu de monde perdu dans les nouvelles générations.

Oui, c'est là que se rendaient Mouton et ses amis Thomas, Boyer, Metzinger, et je vous laisse à penser le bon sang qu'ils se firent avec la harangue de Speck et la réponse de Lobau.

C'est le dernier épisode qui me revient d'avant la révolution de 1830. Notre flotte était partie, le débarquement avait eu lieu, Lobau était retourné subitement à Paris... On criait victoire... On attendait des lettres d'Alger; il en était arrivé quelques-unes; on se les communiquait, quand tout à coup une rumeur vague se répandit « que Charles X avait déchiré la charte et que Paris était en révolution ».

Puis on ne reçut plus de lettres ni de journaux; la malle et les diligences n'arrivaient plus; le télégraphe jouait sur la côte de Haut-Martin, l'inquiétude des gens grandissait.

Je voyais mes parents tout pensifs, même à la boutique, au milieu de leur commerce, et cela me rendait fort attentif. J'écoutais et je regardais, sentant qu'il se passait quelque chose d'extraordinaire.

Je me souviens que, le deuxième jour, le soir, au moment de nous coucher, la mère s'écria :

« Pourvu que Paul ne soit pas mêlé dans ces affaires de Paris ! »

Et que le père lui répondit :

« Il faut donc que les cafards restent toujours nos maîtres ! Si les gens comme nous ne se mêlent pas de leurs propres affaires, alors nous n'avons plus qu'à courber le dos. »

Ces réflexions me frappaient, j'y rêvais.

Du reste, le temps était superbe : pas un nuage au ciel pendant ces grands jours de juillet 1830.

Tous les matins, Françoise venait me prendre. Mon ami Florentin et moi, nous allions après dîner au jardin, sur la route de Paris, avec Azor; mais, au lieu de rester dans notre baraque, nous observions les gens en grand nombre qui se promenaient derrière la haie, attendant avec une impatience fiévreuse les nouvelles de la capitale, qui n'arrivaient toujours pas.

Or, un jour, voyant Nicole et Justine passer sur la route avec plusieurs autres, je sortis pour les rejoindre, et mon ami Florentin, n'y tenant plus, nous suivit.

Nous avions à peine fait cent pas sur la route, que Justine, s'arrêtant, le bras étendu vers la côte de Mittelbronn, s'écria :

« Regardez là-haut, sur la côte... la diligence arrive ! »

C'était la première depuis six jours !

Nicole lui demanda :

« Tu la vois, Justine ?

— Oui !... elle vient... Elle a de petits drapeaux... Voyez donc ! »

Nous fîmes tous halte. Florentin, la main sur les yeux, disait :

« De petits drapeaux ! Tu les vois aussi, Lucien ?

— Oui... oui... je les vois... Oh ! qu'ils sont beaux : rouge, blanc et bleu ! »

Florentin devint tout pâle.

« Mais je ne vois rien, moi, » faisait-il, car sa vue s'affaiblissait; souvent il mettait des besicles pour lire.

Et tandis que nous étions ainsi, nous entendîmes crier au loin :

« Vive Lafayette ! »

La diligence arrivait au triple galop; le conducteur, en haut : un gros homme, sa casquette sur l'oreille, les favoris ébouriffés, agitait tout joyeux un petit drapeau tricolore; et les gens couraient derrière la voiture, dans un flot de poussière, en répétant :

« Vive Lafayette ! »

Tout cela passa près de nous comme un ouragan. Les cris de : Vive Lafayette ! se prolongeaient déjà dans les fortifications et sous la porte de France.

Nous courions aussi. Justine me tenait par la main et disait :

« Arrive... Lucien !... arrive !... L'empereur va revenir !... »

On nous avait élevés dans ces idées, nous ne connaissions que cela.

Nous passâmes donc sous la porte ; puis au tournant du coin de Fouquet, nous vîmes un grand rassemblement devant l'hôtel de *la Ville de Metz*, où la diligence venait de s'arrêter.

Le conducteur, descendu de son siège, criait au milieu de la foule :

« La garde suisse est balayée... Charles X s'est sauvé... Les citoyens sont vainqueurs !... Ils ont pris les Tuileries !... Formez-vous en garde nationale. »

Tout le monde voulait l'entraîner dans l'hôtel, pour trinquer à la gloire de Lafayette, mais il remerciait en disant :

« C'est bon... je n'ai pas de temps à perdre... nous trinquerons une autre fois... Vive la garde citoyenne !... En route !... en route !... »

Justine et moi, le nez en l'air au milieu du tumulte, nous regardions étonnés.

Il regrimpa sur son impériale; un citoyen lui passa d'en bas, en montant sur la roue, un verre de vin, qu'il avala brusquement en criant :

« Vive la France ! »

D'autres répondirent par le cri de :

« Vive le duc de Reichstadt ! »

Mais il haussa les épaules en répétant :

« Vive la France ! »

Et la diligence repartit avec un roulement de tonnerre.

Ces choses sont tellement peintes devant mes yeux que, si je revoyais ce conducteur, avec ces gros favoris blancs de poussière et ses oreilles rouges, je dirais :

« C'est lui... le voilà ! »

Et tout le reste : le tumulte, les gens qui se regardent, les uns ébahis, les autres riant et se serrant la main; et les vieux de la vieille, rassemblés, gesticulant autour de la voiture, en se criant au bruit des grelots des chevaux qui piaffent et hennissent :

« Le mot d'ordre?... Connaissez-vous le mot d'ordre? »

Car ils voulaient tous un mot d'ordre, n'ayant jamais rien fait ni pensé sans mot d'ordre.

Oui, tout cela, je le vois, je l'entends !

Et le commandant de la vieille garde Michelair, fronçant le sourcil, qui leur répond brusquement :

« Le mot d'ordre... c'est d'attendre... et d'être prêts à partir du pied gauche... Il n'y en a pas d'autre... »

Tout est là sous mes yeux.

Alors on se dispersait. Chacun courait annoncer les grandes nouvelles à la maison.

Nous courûmes aussi chez nous, et comme nous arrivions à notre boutique, elle regorgeait de monde. Mon père disait aux paysans :

« Nous allons avoir la république; il faut remettre notre vieille cocarde rouge, blanc et bleu, la vraie, celle du pays; ne perdez pas de temps. Charles X est en fuite, nous allons avoir Lafayette. Vous n'avez pas oublié Lafayette?

— Non, non, monsieur Pélerin, répondaient les vieux paysans, en levant leur grands tricornes :

— Vive Lafayette ! »

Et ma mère tirait le père par le bras, en lui disant tout bas :

« Pélerin, ne parle pas trop... On ne sait pas ce qui peut arriver.

— Ah! faisait-il, laisse-moi tranquille...

J'en ai bien assez des cafards... il est temps de revenir au bon sens! »

Et se tournant de nouveau vers les gens des villages, il leur criait :

« Allez... dépêchez-vous!... Et que ceux qui ont des fils à l'armée leur écrivent de soutenir Lafayette. Vous m'entendez!

— Oui, monsieur Pélerin. »

Justine et moi, dans un coin, derrière le comptoir, nous écoutions, l'oreille tendue, sans bien comprendre la portée des choses.

Quelques instants après, mon ami Florentin arrivait avec Frentzel et disait :

« Monsieur Pélerin, nous allons revoir l'empereur.

— Vous avez donc oublié vos anciens généraux Hoche, Kléber, Marceau, capitaine Florentin, lui répondit mon père; ceux qui vous ont conduits les premiers à la victoire? Ce n'étaient pas des ambitieux, ceux-là, des voleurs comme nous en avons vu depuis. Vous aimez l'homme qui a rétabli la noblesse, pour vous remplacer dans tous les grades, pour vous trahir comme Bourmont, pour livrer le sol de la patrie à l'étranger et pour rogner vos croix et vos pensions. »

Mon ami Florentin n'avait peut-être jamais songé à tout cela et ne savait quoi répondre. Frentzel, le tirant par le bras, lui disait :

« Arrive, Sébastien, on ne sait pas encore si les autres sont partis pour tout de bon... C'est peut-être une fausse retraite... Ils peuvent revenir... »

Lui voulait répondre à toute force, mais il ne trouvait pas un mot, et Frentzel finit par l'emmener.

Ma mère aussi, de son côté, tirait mon père par le bras, dans l'arrière-boutique, et lui répétait :

« La gendarmerie est sur pied... Je viens de voir passer Keltz et Werner. »

Enfin, on ne pouvait s'entendre.

Dehors, le tumulte augmentait, car tous les gens des environs accouraient en ville pour avoir des nouvelles. Et Justine aussi me tirait par le bras, comme font toutes les femmes dans ces moments de bagarre. Elle voulait déjà me mener, et j'aurais voulu aussi me fâcher, mais elle me disait à l'oreille :

« Écoute, Lucien, nous aurons des poires de bon-chrétien pour notre goûter...Arrive! »

Et je me laissais attendrir.

Nous entrâmes donc dans leur maison, où Nicole, avec la mère Desjardins, venaient de s'asseoir à table; elles se disaient :

« Que ce soit Lafayette ou Reichstadt qui

l'emporte, ça nous est bien égal; buvons toujours notre petit verre de ratafia... »

En nous voyant entrer, Nicole s'écria : « Les voilà !... Je ne savais ce que vous étiez devenus. Mais asseyez-vous et mangez des poires. »

Ce que nous fîmes avec une satisfaction véritable, en écoutant le tumulte du dehors, qui ne faisait que grandir.

Les cabarets, par une chaleur pareille, se remplissaient de monde.

A chaque instant, Justine et moi nous voulions ressortir, à cause des cris de joie qu'on entendait, mais Nicole nous retenait et nous forçait de rester.

« N'allez pas vous faire écraser, disait-elle... Mangez tranquillement... cela vaudra mieux. »

D'autres commères arrivaient alors tout effarées : M^me Richard, Frentzel, M^me Desmarets, et je me souviens que, dès ce moment, elles commencèrent à conspirer contre le duc de Reichstadt.

« Qu'est-ce que nous fait ce garçon-là? disait M^me Françoise ; Florentin était déjà sous-lieutenant quand Bonaparte a fait son coup ; il serait devenu général si les émigrés n'étaient pas rentrés.

— Oui, répondait la mère Desjardins, c'est positif; mon mari serait aussi devenu général, il n'était pas plus bête que les autres; mais, à la fin, les nobles comme de Grouchy et de Bourmont avaient seuls toutes les bonnes places.

— C'est sûr, faisait Nicole; nos pauvres innocents ne se souviennent plus de rien ; le grand Thomas les mène, il espère rentrer dans l'armée avec ses épaulettes de colonel et veut tout risquer. »

Alors, s'apercevant que nous les écoutions, elles se parlaient bas en tricotant; les cris de dehors ne les étonnaient pas, elles en avaient entendu bien d'autres.

« Je voudrais bien savoir, disait Frentzel, ce que Lafayette ou Reichstadt peuvent rapporter à tous ces braillards? Est-ce que les ânes ne seront pas toujours des ânes? Tâchons seulement d'apaiser un peu nos hommes et de leur faire comprendre qu'il faut rester tranquilles, jusqu'à ce qu'un bon roi, un bon empereur ou une bonne république soit arrivée pour nous payer nos croix et nos pensions. Qu'est-ce que le reste peut nous faire, à nous autres? Les gros numéros de la loterie sont toujours pour les malins, et ce ne sont pas nos hommes qui seront jamais dans les malins !

— Oh ! non, bien sûr, soupirait la mère Desjardins. Si le nouveau gouvernement pouvait seulement nous rendre la croix tout entière, je crierais tout ce qu'on voudrait.

— Et nous donc, disaient les autres, nous crierions comme des aveugles : Vive Lafayette ou Reichstadt ! »

Elles riaient.

Ces choses, je les entends. Justine les comprenait aussi bien que sa mère; elle avait déjà les mêmes idées, car toutes les filles tiennent avec leur mère, jusqu'à ce qu'elles aient un bon mari, pour le conduire par le nez.

Tout le monde sera forcé de reconnaître que j'ai raison; et c'est un grand bonheur, car sans les femmes, Dieu sait toutes les bêtises que les hommes feraient, et quels accidents pourraient leur arriver !

IX

Le tumulte continua jusqu'au soir. Les auberges et les cabarets fourmillaient de monde, mais c'était un tumulte gai; on buvait, on trinquait, on criait : « Vive Lafayette ! » les gens étaient d'accord, aucune dispute ne pouvait s'élever.

Enfin, vers huit heures, les campagnards se dépêchèrent de partir avant la fermeture des portes, et tout rentra dans le calme.

Moi, je dormais depuis longtemps, la joue sur la table. Rose vint me chercher pour me mettre au lit. Ainsi se termina la journée.

Mais ce fut bien autre chose le lendemain. En m'éveillant, comme Rose poussait les volets, j'aperçus la grande rue en face toute pavoisée de drapeaux tricolores.

C'est une des sensations les plus vives de ma vie; ce beau soleil du mois d'août, ce ciel sans nuages et toutes ces brillantes couleurs papillotant à la lumière jusque sur les toits... Quel coup d'œil!... J'en étais émerveillé.

« Rose, habille-moi vite, lui criai-je, aide-moi ! »

J'entendais rire, chanter au loin. Quelques soldats du 18^e, en grande tenue, passaient tout joyeux; la veille ils avaient été consignés à la caserne.

Notre boutique bourdonnait; la foule accourait de nouveau.

Rose m'aida, puis, tout frétillant d'impatience, je courus chez mon ami Florentin.

Le brave homme était aussi joyeux que moi ; tout ce qui s'était passé la veille entre mon père et lui, il l'avait oublié.

« Ah ! c'est toi, mon ami, dit-il ; arrive et regarde ! »

Je regardai.

Sur la table étaient étalées toutes ses vieilles défroques militaires, enfouies depuis quinze ans dans une armoire. Françoise leur avait bien donné de temps en temps un coup de brosse ; mais c'était vieux, fripé : l'habit bleu à parements rouges et queue de morue, le chapeau à claque, le sabre d'ordonnance, les pistolets, tout était là sur la table, en bon ordre.

Un grand sabre, à poignée de corne noire entourée d'une large coquille dorée, et le fourreau de cuir roux, attira surtout mon admiration.

Sébastien Florentin passait la revue de ses effets, pour rentrer en campagne.

« Hé ! hé ! faisait-il avec son rire naïf... tu vois... Je vais ravoir mon grade... Tu ne m'as pas encore vu en uniforme ; mais quand j'aurai tout ça, et les épaulettes, tu verras, mon ami, tu verras ! »

L'étonnement me coupait la parole.

Et lui, se rappelant la petite scène de la veille, disait :

« Ton père est un brave homme ; mais il veut se mêler de politique et il n'y entend rien. Qu'il reste dans son épicerie, qu'il gagne de l'argent ; vous êtes de braves gens, tout le pays vous aime ; mais ne faites pas de politique ! La politique, ça nous regarde, nous autres ; tu comprends, mon ami ?... A chacun son métier !

— Oui, mon ami, lui disais-je ; mais, moi, je veux être soldat, je ne veux pas rester dans notre boutique. »

Alors, partant d'un immense éclat de rire, il s'écriait :

« Ah ! tu veux avoir un sabre comme celui-là ?

— Oui, mon ami.

— Et des pistolets comme ceux-ci ? faisait-il. Regarde... ce sont nos pistolets du 101e ; tous les officiers avaient leurs pistolets.

— Et ce grand sabre-là, mon ami ? lui disais-je, le doigt posé sur l'autre sabre, qui me paraissait plus beau.

— Ah ! ça, c'est autre chose... c'est le sabre d'un officier d'état-major hongrois, qu'il m'a rendu lui-même à la journée de Râab. Nous étions en embuscade dans un petit bois,

quand tout à coup il tombe ventre à terre au milieu de la compagnie. Il allait porter des ordres et ne se doutait pas que nous étions là ! En passant près de moi, il m'allonge un coup de sabre, que je pare, et trente pas plus loin, il s'abat ; son cheval avait cinq balles dans le corps, nos baïonnettes l'entouraient. Alors, j'arrive ; il me tend son sabre en criant : « A vous, capitaine ! » Je relève les baïonnettes et je le reçois prisonnier. — J'ai gardé son sabre : c'est une bonne lame... Écoute, mon ami, comme ça sonne... on dirait une cloche ! »

Il admirait l'arme, et je restais bouche béante.

« Si tu travailles bien, tu entreras à l'École militaire, et tu auras un sabre, un sabre français... là, disait-il en se frappant sur le côté, et tu seras un brave. Tu veux bien entrer à l'École militaire, mon ami ?

— Oh ! oui !

— Eh bien ! en travaillant, ça viendra, car tu as une bonne tête. »

Françoise alors rentrait ; elle était allée aux nouvelles ; le courrier venait d'arriver.

« Eh bien ! Frentzel, s'écria le capitaine en se retournant, est-ce que Napoléon II est proclamé ?

— Pas encore, Florentin, pas encore ; on dit partout que la Chambre délibère.

— La Chambre délibère ! s'écria Florentin indigné. Qu'est-ce que la Chambre ? Je me moque bien de la Chambre, moi !... Elle délibère ! Est-ce qu'elle a besoin de délibérer ? Elle n'a qu'à crier : « Vive l'empereur ! » C'est le tour de Napoléon II et des anciens... voilà !... que diable ! Si la Chambre ne va pas, qu'on la jette dehors. »

Il se fâchait.

« Oui, disait Françoise, c'est clair, Florentin, c'est clair ; mais il faut attendre.

— Attendre quoi ? quoi ? s'écriait-il en s'emportant de plus en plus. Est-ce que le duc de Reichstadt, le fils de l'empereur, n'est pas là, qui ne demande qu'à revenir ? Et, puisque l'empereur est mort, est-ce que ce n'est pas lui qui monte sur le trône ? Qu'on le rappelle... il viendra prendre sa place ; ce n'est pas plus difficile que ça ! »

Il se promenait, de mauvaise humeur.

« Oui, Florentin, tu as raison, disait Françoise ; mais le journal de M. Pélerin raconte qu'on va nommer le duc d'Orléans lieutenant général du royaume.

— Eh bien ! dit Florentin, qu'on le nomme ; pourvu que le duc de Reichstadt soit général en chef comme son père et qu'il mette dedans

tous ceux qui oseront bouger, qu'est-ce que
tout le reste peut nous faire?

— C'est vrai, Florentin, répondit M^me Françoise, tu as raison... mais j'entends mon lait
qui brûle!... »

Et elle rentra dans sa cuisine.

« Nous irons voir ça tout à l'heure, chez le
colonel Thomas, s'écria le capitaine. Il faut
que tout cela change, mille tonnerres! »

Je ne l'avais jamais entendu jurer; il était
devenu sombre, et quand Françoise rentra
servir notre café au lait, on déjeuna sans
échanger une parole. Mon ami Florentin dit
seulement à la fin, en se levant:

« Frentzel, il faut que tout soit prêt! »

Il montrait ses défroques.

« Nous pouvons recevoir l'ordre de partir
d'une minute à l'autre... Tu comprends?

— Oui!... oui!... Sois tranquille, Florentin,
tout sera prêt!... Est-ce qu'il t'a jamais manqué quelque chose, depuis notre mariage,
pour entrer en campagne? »

Cette réponse plut au capitaine.

« Non, Frentzel, dit-il, je dois te rendre
justice, tu es une vraie femme de soldat! »

Et prenant sa canne au coin de l'armoire,
il se coiffa de son chapeau et sortit.

Comme je voulais le suivre:

« Reste avec Frentzel, mon ami, dit-il;
nous allons au Petit-Saint-Jean; c'est trop
loin pour toi. »

Alors, je courus chez Nicole; puisque mon
ami allait au Petit-Saint-Jean, le capitaine
Vidal devait y être aussi; je le savais, et
c'étaient les jours que je passais avec Justine.

Toutes les commères, excepté Frentzel, s'y
trouvaient déjà réunies.

La mère Desjardins disait:

« Il faut attendre Françoise, elle a toujours
de bonnes idées.

— Oui, répondait Nicole, il faut aller la
chercher. »

Heureusement, M^me Françoise me suivait;
elle s'était dépêchée de fermer notre porte à
double tour et passait justement devant les
fenêtres.

« Hé! la voici! » dirent les autres.

Françoise entra tout essoufflée et s'assit.

Justine m'avait tiré dans un coin, près de
la chiffonnière, et me disait:

« Tu dîneras avec nous; mon père ne reviendra pas avant ce soir, et Catherine fera
de la galette. »

Je vis qu'elle avait une petite cocarde tricolore sur l'oreille, et, regardant par la fenêtre, j'aperçus beaucoup de gens qui por-

taient déjà cette cocarde à leurs chapeaux.

« Écoute, lui dis-je, donne-moi ta cocarde.

— Oh! non, fit-elle en fouillant dans sa
poche, elle me va trop bien; mais en voici
une autre plus grande que j'ai faite pour toi.
Qu'est-ce que tu me donneras si je la mets
à ton bonnet? »

J'étendis mes grosses mains pour l'embrasser.

« Non!... non!... faisait-elle en baissant la
tête, non! »

Elle avait l'air de ne pas vouloir, mais je
l'embrassai tout de même.

Alors elle fut contente, et, prenant une
épingle, elle attacha la cocarde à mon bonnet. Je montai sur un tabouret, pour me
regarder avec ma cocarde dans le miroir, et
je me trouvai très beau.

Pendant ce temps, la délibération avait con-
tinué en face du bocal de cerises et des bei-
gnets que Cocole avait sortis de son armoire.
Elle avait aussi des macarons dans une
petite corbeille, et c'est pour cela, je pense,
que les autres aimaient tant à venir chez
elle.

« Je voudrais bien savoir, disait M^me Richard, ce qu'ils vont faire au Petit-Saint-
Jean, chez le colonel Thomas, qui les attire
dans sa ferme. Ça lui est bien facile, à ce
grand colonel, de crier: « Vive Reichstadt! »
Il est garçon, il est riche... Il n'a pas besoin
de sa croix ni de sa pension pour vivre!
Pourvu qu'il ne dise pas maintenant à nos
vieux fous que le temps est venu de marcher!

— Hé! n'ayez donc pas peur, répondit
Frentzel; ils ne marcheront pas sans mot
d'ordre! Tant qu'ils n'auront pas de mot
d'ordre, ils resteront tranquilles comme des
carpes au fond d'un baquet. J'ai toujours vu
ça, en Espagne, en Prusse, partout! Quand
le mot d'ordre viendra, nous verrons!

— Mais, dit Nicole, qui est-ce qui don-
nera le mot d'ordre? Si c'est Lafayette ou
le duc d'Orléans, ils ne voudront pas marcher.

— Laissez donc, dit Françoise, ils seront
trop contents de recevoir un mot d'ordre,
depuis quinze ans qu'ils n'en ont plus! Et
puis Mouton-Lobau, qui n'est pas une bête,
verra bien là-bas ce qu'il faut faire, il recon-
naîtra la position; ce n'est pas lui qui passerait la tête dans une bricole, sans savoir qui
va le mener... Il leur enverra le mot d'ordre!
Si Reichstadt est le plus fort, on marchera
pour Reichstadt; si c'en est un autre, on
marchera pour l'autre. Et le grand Thomas

sera content. Il n'est pas aussi borné que vous dites, Nicole; il veut bien rentrer dans son grade et même devenir général, mais il ne risquerait pas sa peau sans mot d'ordre.

— Vous avez raison, Françoise, disait M<sup>me</sup> Richard en riant, le plus fort enverra le mot d'ordre, et nous n'aurons rien à craindre.

— Hé! dit Frentzel, c'est toujours le supérieur qui gagne ou qui perd, vous savez bien. Il n'y a que les imbéciles qui marchent sans mot d'ordre; et puis, est-ce que nous ne sommes pas là pour avertir nos innocents? Ils ne feront rien sans nous. Florentin crie bien, mais, quand je parle de la croix et de la pension, il ne dit plus rien.

— Cocole, approchez donc les macarons. Lucien, est-ce que tu veux un macaron?

— Oui, madame Florentin, et Justine aussi.

— Vous voyez bien, dit Frentzel, ces pauvres enfants, c'est leur mot d'ordre, les macarons!... Ils obéissent tout de suite. Tenez, et restez bien tranquilles... Ne sortez pas... Tous ces braillards crient maintenant: « Vive Lafayette! » Demain ils crieront: « Vive le duc d'Orléans! » ou bien : « Vive Napoléon! » c'est leur plaisir de crier. »

Ainsi causaient les commères, continuant à tricoter; et nous étions tout oreilles, Justine et moi, quand notre servante Rose entra, disant d'un air joyeux :

« Lucien, viens vite.... ton frère Paul est arrivé. »

Cela fit une certaine sensation dans la chambre, et je sortis à la main de Rose, en courant, sans dire ni bonjour ni bonsoir.

Depuis quatre ans Paul était parti, je n'avais plus aucune idée de sa figure. Souvent on me demandait à la maison si je me souvenais de Paul, et je répondais *oui* au hasard.

Je courais donc, tout curieux de voir celui dont la mère me parlait toujours; et comme nous entrions dans la boutique, je vis assis au fond du comptoir, auprès de mon père tout joyeux, un grand garçon de vingt-deux ans, en habit et gilet de drap marron, le nez long orné de lunettes, l'air éveillé, qui s'écria en sautant de sa place et me levant dans ses mains :

« Lucien!... Tu me reconnais?... »

J'ouvrais de grands yeux ébahis et je finis par lui répondre :

« Oui!... tu es Paul. »

Alors on admira ma mémoire.

Paul m'embrassa. La mère en pleurait d'attendrissement.

Mais la partie intéressante de l'histoire, c'est qu'on venait d'ouvrir les malles de Paul, qui m'avait apporté des marrons glacés et d'autres friandises, de sorte qu'en songeant à lui plus tard, son souvenir me revenait toujours en compagnie de ces marrons et me faisait désirer son retour ; et quand on me demandait si j'aimais Paul, je répondais :

« Oui... beaucoup!... »

Pensant aux marrons.

Combien d'autres ont les mêmes idées attendrissantes, en pensant à l'héritage de leurs parents! Ah! les marrons glacés sont une bonne chose.

Enfin j'aimais tout de même Paul un peu pour lui-même, car il me faisait faire Polichinelle et n'avait pas mauvais caractère.


## X

Toute la ville sut bientôt que mon frère Paul était revenu le matin de Paris, et, dès lors notre maison fut envahie. On venait chez nous apprendre les dernières nouvelles; la sonnette de la boutique ne finissait plus d'aller. D'abord des commères accoururent, ensuite les divers employés de l'octroi, de l'hôpital, de la mairie, tous ceux qui pouvaient espérer ou craindre quelque chose des nouveaux événements; ensuite tous nos voisins.

C'était une véritable procession, et chaque fois Paul était forcé de recommencer son histoire de l'attaque des Tuileries, du feu roulant des Suisses par les fenêtres, sur le quai d'Orsay, l'arrivée des canons sur la place de la Révolution, l'entrée des citoyens par le Carrousel, la retraite de Charles X à Rambouillet, etc.

A force d'écouter cette histoire, je vous la raconterais encore aujourd'hui mot à mot; et je vois les gens attentifs, le nez des uns qui s'allonge, les autres s'exaltant et disant : « A la bonne heure!... Quel beau débarras!» D'autres s'en allaient sans rien dire.

Cela dura toute la journée, même pendant le dîner; la mère, les servantes et moi, nous regardions Paul comme un héros, parce qu'il avait entendu siffler les balles.

Vers le soir, notre boutique était tellement

Rosic avec Frentzel, mon ami. (Page 30.)

pleine de monde qu'il fallut entrer dans la grande chambre, en face de la Halle ; c'est là que les amis de la famille se rendaient en arrivant. C'était une assez grande chambre, l'alcôve au fond, où nous dormions. Entre les deux fenêtres se trouvait le vieux clavecin, dont Paul et ma sœur Juliette jouaient quelquefois pendant les vacances, une antique patraque toute grelottante et nasillarde, mais qui tenait bien l'accord.

En ce jour elle devait faire des merveilles. Paul l'avait ouverte et tapait dessus un nouvel air de Paris :

Cornichons... cornichons...
Enfin nous vous dénichons...

qui faisait éclater les gens de rire.

Il avait aussi rapporté de là-bas une gravure représentant Charles X et ses ministres en habits de jésuites, avec de grandes robes, chantant à gorge déployée le *Gloria in excelsis*, un *Gloria* parisien, avec des mots latins. Et mon frère, naturellement farceur, maigre, pâle, le nez long tourné à la friandise, chantait ce *Gloria* d'une façon si comique, que Nicole et la mère Desjardins durent se sauver, pour ne pas s'asseoir au milieu de la chambre.

Les autres n'en pouvaient plus.

J'ai bien souvent pensé depuis que mon frère Paul aurait mieux fait de s'engager dans une bonne troupe de comédiens, que d'entrer dans le commerce des épiceries : c'était sa véritable vocation.

Devant la mairie, c'était autre chose. (Page 36.)

Enfin nous étions tous là, les fenêtres ouvertes au large sur la petite place. Moi, près de mon frère, je chantais avec lui d'une voix aussi claire que celle d'un enfant de chœur, lorsque mon ami Florentin, revenant du Petit-Saint-Jean, entra criant d'un air joyeux :

« Hé! c'est toi, Paul?... Ha! ha! ha! te voilà revenu!

— Oui, monsieur Florentin, dit Paul en se levant et en l'embrassant, car nous l'aimions tous; il nous avait pour ainsi dire élevés.

— Allons, c'est bien, dit-il. Rassieds-toi, Paul, et continue. »

Le brave homme riait comme les autres; mais, à la fin, son idée de Reichstadt reprit le dessus, et se posant à la façon d'un chan-teur, le chapeau à la main, la jambe en avant et le bras tendu :

« Ce n'est pas ce qu'il faut chanter dans un moment pareil, s'écria-t-il. Écoutez-moi... Et toi, Paul, joue avec. »

Et, d'une voix forte, il entonna la vieille chanson du camp de Boulogne :

> Veillons au salut de l'empire,
> Veillons au maintien de nos droits;
> Si le despotisme conspire,
> Conspirons contre les rois!

Il marquait la mesure en tapant le plancher avec sa canne. Paul l'accompagnait; mais cette chanson ne plaisait pas à tout le monde, beaucoup s'en allaient en disant :

« On s'amusait si bien tout à l'heure! »

Et comme mon ami Sébastien finissait,

voilà qu'une vieille, — la mère du tailleur
Mauduy, dit Lapointe, ancien maître d'armes
de la 32ᵉ, — voilà cette vieille, toute ridée
et ratatinée, qui venait chercher un sou
d'huile et deux liards de vinaigre pour faire
sa salade, la voilà qui se penche dans notre
fenêtre en criant :

« Hé ! laissez donc votre rengaine ; la
vraie chanson, la vraie, la voici... Écoutez!... »

Et ramassant un coin de sa jupe, elle se
mit à danser dehors sur le trottoir, en chantant :

> Ah ! ça ira... ça ira... ça ira!...
> Les aristocrates à la lanterne!
> Ah ! ça ira... ça ira... ça ira!...
> Les aristocrates, on les pendra!

De sorte que le savetier Monborne, sous
la halle, le tisserand Brainstein et toutes
les pratiques de Georges Cloûtier, du cabaret
des *Trois Pigeons*, arrivèrent en courant et
se mirent à danser avec elle en chantant :

> Ça ira... ça ira... ça ira!...

J'en étais étonné, car cette vieille décré-
pite, qui se traînait à grand'peine jusque
chez nous, était devenue frétillante comme
un poisson ; elle faisait claquer ses pouces,
regardant à ses pieds, les mains en l'air,
arrondissant les bras avec grâce et levant
tantôt une jambe, tantôt l'autre, comme à
vingt ans.

C'était incroyable, la vie lui revenait.

Et le père Monborne, aussi vieux qu'elle,
lui faisait face avec son grand chapeau à
claque et chantait, la pointe du pied en
l'air :

> Dansons la carmagnole,
> Vive le son... vive le son...
> Dansons la carmagnole,
> Vive le son du canon!

Et comme cette danse produisait un grand
tumulte dehors, à notre porte, parce que
plusieurs de nos voisins, de vieux rentiers,
penchés à leurs fenêtres, se rappelaient les
assignats et encore autre chose, mon père,
s'asseyant gravement au clavecin et frappant
deux ou trois accords solennels, comme
pour imposer silence aux autres, se mit à
chanter d'une voix grave un chant que je
n'avais jamais entendu jusqu'alors, car j'étais
trop jeune, mais qui me fit passer un frisson
dans les cheveux :

> Allons, enfants de la patrie,
> Le jour de gloire est arrivé...

Et le silence s'établit dehors comme à la
maison ; on écoutait.

Jamais je n'aurais cru mon père capable
de chanter ainsi ; il était tout pâle, et sa voix
forte et mâle vous remuait le cœur.

Il alla jusqu'au bout.

Tous les vieux et les vieilles qui se trouvaient là prêtaient l'oreille, comme perdus
dans d'immenses souvenirs ; pas un murmure ne l'interrompait ; seulement, à la fin
de chaque couplet, on murmurait :

« C'est ça... oui... c'est ça... »

Et, au dernier mot, mon père se retournant
s'écria :

« Capitaine Florentin, vous n'avez pas
oublié celle-ci ; c'est le chant de l'armée du
Rhin dont vous étiez, le chant de Mayence,
le chant de Zurich... vous savez ?...

— Oui... oui... faisait mon ami Sébastien,
la tête penchée... Je me rappelle... il y a
longtemps! »

Ses yeux étaient troubles en se rappelant
sa jeunesse.

Puis il dit :

« C'est égal : « Veillons au salut de l'em-
« pire... » est aussi beau !

— Allons donc ! crièrent les autres, in-
dignés, c'est la chanson de la retraite de
Russie ! »

De sorte que mon ami Florentin, un peu
vexé de voir que tout le monde lui donnait
tort, s'en alla criant :

« Bonsoir, madame Pélerin ! bonsoir, les
amis! »

Il songeait à sa croix et à sa pension,
comme les autres vieux, qui partirent tous
à la file, et nous restâmes seuls à chanter
jusque vers dix heures.

Paul avait recommencé l'air des *Cornichons*;
mais, après avoir entendu la *Marseillaise*,
cela ne produisait plus le même effet ; on
était devenu grave, et les derniers visiteurs
étant partis, on alla se coucher.

## XI

On n'a jamais vu de comédie comme cette
révolution de 1830. Tout le monde se croyait
vainqueur et fredonnait sa vieille chanson ;
cela ne devait pas durer longtemps !

Le lendemain de la petite scène que je viens
de vous raconter, en sortant de notre boutique pour courir chez mon ami Florentin,

j'aperçus Justine sur leur porte, et tout de suite l'idée me vint d'aller l'embrasser.

Mais comme je m'approchais les mains étendues, elle me dit d'un air de fierté :

« Je ne veux plus que tu m'embrasses... mon père le défend...vous êtes des jacobins!... »

Et elle rentra dans leur cour.

Alors moi, tout penaud, je retournai chez nous, et, voyant mon père en train de servir quelque pratique, je lui demandai :

« Qu'est-ce que c'est donc que des jacobins ?

— C'était des patriotes, dit-il, qui se sont fait tuer pour débarrasser le pays des Prussiens et des traîtres. Mais pourquoi me demandes-tu ça ? »

Et, tout désolé, je lui racontai ce qui venait de m'arriver avec Justine.

« Tu vois, Pélerin, disait la mère, nous nous faisons des ennemis.

— Des ennemis, dit-il en riant, allons donc ! Tant que nous vendrons de bonnes marchandises à meilleur compte que les autres, ces gens-là viendront chez nous, et quant au reste, je m'en moque. »

Et se tournant de mon côté :

« Elle ne veut plus que tu l'embrasses ? fit-il... Eh bien ! je te permets d'embrasser toutes les autres jeunes filles de Phalsbourg à sa place. »

Il riait de bon cœur.

Je voyais bien que les autres petites filles étaient aussi jolies, mais j'aimais mieux Justine, de sorte que sa permission ne me consolait pas, et je restais là, le cœur gros, tout ébaubi, quand mon ami Florentin parut sur la porte. Il revenait de la place d'Armes, où se promenaient régulièrement les vieux de la vieille depuis trois jours, en attendant le courrier.

« Monsieur Pélerin, s'écria-t-il, savez-vous ce qui se passe ?

— Non, monsieur Florentin ; qu'est-ce qui se passe donc ?

— Il se passe qu'on nous met tous dans le sac.

— Comment ! dans le sac ?

— Oui, dans le sac, vous républicains et nous impérialistes. »

Mon ami parlait d'une voix tonnante. Frentzel, derrière lui, le tirait par le bras, disant :

« Florentin, ne crie pas si fort ; Keltz et Werner sont au coin de la rue, devant la gendarmerie. »

Et Florentin, se retournant indigné, lui répondit d'une voix terrible :

« Ah çà ! madame, allez-vous bien me laisser tranquille avec votre Keltz et votre Werner ?... Qu'ils arrivent !... »

Et se fendant brusquement, la canne en avant, les lèvres frémissantes :

« Une !... deusse !... cria-t-il !... une !... deusse !... »

On aurait cru qu'il devenait fou.

« Calmez-vous, capitaine, lui dit mon père. Entrons dans le bureau ; ce que vous me racontez là m'étonne. »

Il était lui-même fort ému.

Le capitaine le suivit en bégayant :

« Vous êtes un brave homme, vous ; quoique vous n'ayez fait que deux campagnes comme volontaire à l'armée du Rhin, vous êtes un brave, vous allez comprendre. »

Je m'étais glissé derrière eux, mais la mère et Frantzel restèrent au comptoir ; le père leur avait fait signe de ne pas entrer ; car Florentin était furieux.

Dans la petite chambre, le père, avançant une chaise, dit à Florentin :

« Asseyez-vous, capitaine.

— Non ! je ne peux pas m'asseoir... Je tremble de colère... Ah ! canailles ! faisait-il, canailles !

— Eh bien ! qu'est-ce que c'est ?

— Eh bien ! ils viennent de nommer roi leur duc d'Orléans... à la place de Reichstadt !... Tenez... regardez !... regardez !... s'écriait-il, en tirant de sa poche un chiffon de papier... Voyez-moi ça... des épiciers... des journalistes, des avocats, des banquiers, des pékins qui vous nomment un roi ? Comprenez-vous ça, Pélerin ?... un roi... là... sous notre nez à nous autres, les anciens... un roi pour faire marcher leur boutique, quand nous devrions déjà marcher sur Mayence, depuis trois jours que ça traîne, avoir enlevé Landau par surprise et passé sur la rive droite ! Ils perdent leur temps à nommer un roi... Oh ! les gredins ! »

Il serrait sa canne.

Mon père, ayant jeté les yeux sur le papier, lui dit :

« Vous avez raison, capitaine... Mais Lafayette et le peuple de Paris sont là.

— Lafayette ! hurla Florentin ; mais lisez donc... lisez plus loin... Ce Lafayette... ce fameux patriote dit que Philippe d'Orléans, « c'est la meilleure des républiques ! »

Alors mon père aussi devint tout pâle et s'écria :

« Eh bien ! nous partirons comme à Valmy, en chantant la *Carmagnole*. »

Ma mère, au même instant, entrait tout effarée, suivie de Frentzel, en disant :

« On entend tout... tout du dehors... Au nom du ciel, Pélerin, tais-toi ! tais-toi !... »

Mais lui, sans l'écouter, disait :

« Il faut que tout le monde parte pour empêcher ce coup-là... toute la jeunesse...

— Tu veux que Paul parte ? dit la mère.

— Lui comme les autres, répondit le père indigné. Est-ce qu'il vaut mieux que les autres ? Est-ce que je ne suis pas parti, moi, à dix-huit ans ? »

Ma mère se tut, et Florentin, que l'indignation du père avait un peu calmé, dit :

« Vous avez raison, Pélerin, il faut que tous les jeunes gens partent et que les anciens les commandent... J'ai déjà tout préparé pour me mettre en route. Seulement, il nous faut encore le mot d'ordre... Nous sommes tous là sur la place depuis trois jours, et le mot d'ordre n'est pas encore arrivé.

— Oui, Florentin, oui, dit Frentzel d'une voix traînante, c'est ce que je me tue à te dire : il faut le mot d'ordre !... Arrive, Florentin, je viens de voir passer le facteur Chanoine, peut-être que le mot d'ordre est à la maison... Allons voir ! »

Florentin alors sortit avec Frentzel, et Azor les suivit.

« S'il leur faut encore un mot d'ordre, dit le père avec un sourire ironique, rien ne presse... George Mouton leur enverra le mot d'ordre plus tard, dans sa tabatière ; chacun y trouvera sa prise, excepté le pauvre Florentin. »

Et jetant les yeux sur la feuille de chou, il dit :

« Hé ! mon Dieu, le voici leur mot d'ordre... On va former la garde nationale, ils seront contents de commander aux savetiers, aux épiciers... Nous aurons le roi des épiciers... le nôtre cette fois !... Reste à savoir si les autres souverains voudront l'accepter... Si la guerre commence, ce sera long. »

La mère le voyant plus calme, sortit, et moi je courus sur la place voir un peu ce que mon ami Sébastien venait de raconter. Je n'y comprenais rien ; mais étant fort curieux de ma nature, tous ces mouvements m'intéressaient.

Il était onze heures, le soleil embrasait la place d'Armes, l'école du père Vassereau sortait. Toute la ville savait déjà que nous avions un roi : femmes, enfants, bourgeois, soldats, couraient là-bas, à la mairie, voir l'affiche.

Rose, devant notre porte, m'appelait :

« Lucien !... Lucien !... »

Mais je ne l'écoutais pas ; je courais avec la foule, et j'entendais dire à droite et à gauche .

« Eh bien ! comment s'appelle-t-il ?

— Louis-Philippe.

— C'est le duc d'Orléans ?

— Oui.

— Mais le duc de Reichstadt ?

— Ah ! que voulez-vous ? Il est à Schœnbrunn... tant pis pour lui ! »

D'autres, arrivant tout essoufflés, demandaient :

« Est-ce qu'on ne fera rien ?

— Que voulez-vous qu'on fasse ?

— Mais on peut réclamer.

— Réclamer quoi ? puisqu'ils sont d'accord à Paris ! Allez donc réclamer à Phalsbourg ! On nous retirerait la garnison, et nous serions bien plantés, sans troupes, sans logements, sans fournitures. »

Déjà quelques cris partaient au loin, derrière l'hôpital :

« Vive Louis-Philippe ! »

Devant la mairie, c'était autre chose : tous les vieux de la vieille, les sourcils froncés, les dents serrées, la canne sous le bras et le chapeau sur les yeux, regardaient l'affiche dans sa grille, en se disant entre eux :

« Qui s'est permis de mettre ça là ? C'est un traître ! Il faut qu'on le recherche et qu'il soit passé par les armes. »

Le colonel Thomas surtout roulait des yeux terribles ; il aurait arraché l'affiche, sans le poste de la mairie et la sentinelle qui se promenait devant le perron, en s'écriant :

« Au large !... au large !... »

Mais, au moment où tous ces vieux ne se contenaient plus de colère, tout à coup M. le baron Parmentier, l'ami de George Mouton et l'ancien maire de la ville sous l'empire, arrive en habit noir et cravate blanche, un rouleau de papier à la main ; il monte sur le perron et s'écrie :

« Qu'il faut se dévouer pour la patrie !... Que les anciens vont rentrer dans l'armée avec leurs grades... Qu'on leur comptera même toutes les années perdues depuis 1815 pour l'avancement... Qu'ils auront droit à la plus forte retraite..., etc., etc. »

Et voilà tous ces vieux de la vieille qui se radoucissent, voilà que leurs yeux se troublent et qu'ils se serrent la main, en murmurant :

« A la bonne heure, mille tonnerres !... On nous comprend, à la fin... On nous rend justice... Vive Lobau !... Vive Louis-Philippe !... »

C'était attendrissant.

Après cela, M. Parmentier parla du peuple magnanime, qu'on allait former en gardes nationales, et de beaucoup d'autres choses dont je ne me souviens pas bien, parce que je ne les comprenais pas encore.

Il dit aussi qu'en reprenant son ancienne place de maire, que M. Jourdan, chevalier de Saint-Louis, venait d'abandonner, comme Charles X avait abandonné la sienne, il se dévouait au bonheur public.

C'est tout ce qui me revient, avec l'illumination du soir, les cris de : « Vive Lobau ! — Vive Louis-Philippe !... » et les coups de canon tirés sur les remparts, où les demoiselles de la ville, en robes blanches et ceintures tricolores, mettaient elles-mêmes le feu aux pièces.

XII

A partir de ce jour, mon ami Florentin devint mélancolique. Il n'allait plus se promener sur la place d'Armes avec les vieux camarades et restait assis dans son fauteuil, en robe de chambre, ses longues jambes maigres croisées, l'air rêveur.

Jamais je n'ai vu de figure plus triste que la sienne, surtout le matin, en bonnet de coton, avec son long nez droit, sa bouche rentrante entourée de grandes rides et son menton pointu.

Quelles idées lui traversaient alors la tête ? Je n'en sais rien. — Mais quelquefois, après avoir longtemps rêvé, il m'appelait :

« Lucien ! »

Je m'approchais. Il me passait ses longs doigts osseux dans les cheveux et me disait :

« Pourquoi ne vas-tu pas voir ta petite amie Justine ?

— Elle ne veut plus que je l'embrasse, mon ami.

— Pourquoi ?

— Parce que son père l'a défendu ; il dit que nous sommes des jacobins.

— Des jacobins !... faisait-il, je me rappelle les jacobins devant Mayence, à Landau, à Kaiserslautern, à Wœrth ; ils se sont bien battus, personne ne peut dire le contraire. Ils ne criaient pas un jour « Vive l'empereur ! » et le lendemain « Vive le roi ! » Ils criaient toujours : « Vive la république ! En avant... à la baïonnette !... » c'étaient des braves. Eh bien ! va te rasseoir, mon ami, faisait-il, ou va te promener ; tu dois t'ennuyer d'être seul. Tout à l'heure, nous irons au jardin ; il y a longtemps que nous n'avons pas été voir le jardin ; les poires doivent être mûres ! »

Alors j'allais faire un tour à la cuisine, auprès de Frentzel, ou dans la cour, derrière le bûcher, caresser les petits chats, ou visiter le capitaine Latour, notre locataire, qui m'apprenait à compter sur mes doigts jusqu'à cent, et qui riait en me voyant sauter les derniers chiffres pour arriver plus vite à la fin, parce qu'il me promettait un sou.

Malheureusement tout cela n'empêchait pas mon pauvre ami Florentin d'être bien désolé, depuis qu'on avait sacrifié Reichstadt à l'avancement.

« Oh ! George Mouton, s'écriait-il quelquefois, George Mouton, que l'empereur appelait le plus beau colonel de la grande armée !... Gérard, qu'il avait promis de faire maréchal à la première bataille ; Soult, qu'il nommait le plus grand manœuvrier de l'Europe, et vous tous, ses anciens compagnons d'honneur et de gloire, vous abandonnez son fils !... O malheur ! O misère !... Oh ! qui jamais aurait pu croire qu'une pareille chose arriverait ?

— Mais, Florentin, criait Frentzel, il ne manque de rien, ce garçon-là, dans son château de Schœnbrunn ; il vit comme un coq en pâte. Je me suis même laissé dire que son Metternich l'abreuve de johannisberg, et qu'il a...

— Taisez-vous, madame, criait Florentin, indigné ; retenez votre langue empoisonnée... Taisez-vous... c'est notre empereur ! »

Il criait si fort, que Frentzel était bien forcée de se taire.

Je me souviens aussi que plus il devenait mélancolique en pensant au duc de Reichstadt, plus il m'aimait. A table, c'est moi qu'il servait le premier.

« Tiens, faisait-il, mange, mon ami ; je n'ai plus d'autre ami que toi ; au moins, toi, tu ne m'abandonnerais jamais, n'est-ce pas ?

— Oh ! non, mon ami.

— Tu m'aimes bien ?

— Oui.

— Tenez, madame, disait-il à Frentzel, en lui lançant un regard sévère, cet enfant a plus de cœur que toute la ville ensemble. Ce n'est pas lui qui renierait son drapeau ; il se ferait hacher pour son empereur, n'est-ce pas, mon ami ?

— Oui !... oui !... criais-je, les poings fermés, plein d'enthousiasme ; oui... vive l'empereur ! »

Alors ses yeux se troublaient, et il me disait d'un ton grave :

« Il n'y a plus que nous deux pour soutenir l'honneur de la France... Viens ici, mon ami. »

Il me tendait les bras, et nous nous embrassions.

Après dîner, nous allions dans notre petit jardin, car mon ami ne voulait plus voir personne. Au moins là, dans l'ombre des grands peupliers, derrière les poiriers et les pommiers courbés sous les fruits, au milieu des carrés de choux et de haricots, loin du genre humain, nous avions un peu de calme; nous n'entendions plus crier :

« Vive le roi!... vive Louis-Philippe! »

C'étaient les seuls instants où Florentin jouissait d'un peu de tranquillité, en bêchant ses plates-bandes et cueillant ses légumes dans son panier déposé au bord de l'allée.

Moi, je dormais dans ma baraque, et quand je m'éveillais, il me donnait une poire de bon-chrétien bien mûre à manger, en me disant :

« Mords là-dedans... Hein! que c'est bon! »

Puis il me cueillait quelques prunes reine-Claude des plus mûres, des plus mielleuses, dans une feuille de chou, et, assis à l'ombre de la baraque, derrière la treille où pendaient les grappes de raisin, nous vidions sa petite chopine de vin en cassant une croûte.

Quelquefois, le souvenir de ses anciennes campagnes lui revenait :

« C'est aujourd'hui un jour de bonheur, disait-il, le jour de tel combat. Aujourd'hui, nous avons traversé le Tagliamento pour entrer dans le Tyrol, ou le Rhin pour courir sur Francfort, ou le Danube pour marcher sur Vienne. Aujourd'hui, nous avons rencontré les Prussiens ou les Russes à tel endroit... Le colonel un tel a été tué... un tel l'a remplacé. »

Puis il rêvait.

Et si je lui demandais ce qu'il était et ce qu'il faisait alors, Florentin se mettait à me raconter tous les mouvements du 101e, ses marches, ses contre-marches, ses conversions à droite, à gauche pendant la bataille : l'attaque, la retraite, les déploiements en tirailleurs, la position des batteries, l'attaque à la baïonnette, etc.

A force de l'entendre, j'avais fini par le comprendre, car il était très clair dans ses explications et me montrait à terre, avec sa canne, les accidents de terrain, en entrant dans tous les détails nécessaires à mon intelligence

Nous ne formions en quelque sorte à la fin qu'une seule et même personne, tant nous étions d'accord sur les choses de sa vie et sur ses opinions personnelles.

Un matin, trois semaines environ après la révolution, étant là bien tranquilles, tout à coup nous entendîmes au loin, sur la route de Sarrebourg, un grand mouvement de marche, et Florentin, prêtant l'oreille, dit :

« Là-bas, sur la côte de Mittelbronn, s'avance une masse en colonne. »

En effet, au bout d'un quart d'heure, nous vîmes s'élever quelques flots de poussière en arrière de la côte; puis nous entendîmes des voix tumultueuses et nous vîmes enfin déboucher sur la route, derrière le rideau des peupliers, une longue file d'hommes marchant par trois, par quatre, et qui, en découvrant Phalsbourg, ses bastions et ses remparts, se mirent à chanter la *Marseillaise*.

C'étaient les combattants de juillet, engagés volontaires à cause des bruits de guerre européenne, et qu'on allait répandre dans les régiments, pour les discipliner.

Leurs principaux dépôts se trouvaient à Metz et à Strasbourg.

Ils s'avançaient donc, et mon ami Florentin, en bras de chemise, son grand chapeau de paille penché sur la nuque, me prenant par la main, sortit sur la porte du jardin et regarda défiler ces gens d'un œil grave.

Il y en avait de toute sorte, les uns déguenillés, les autres habillés proprement, en blouse, en habit bourgeois, en chapeau, en casquette, des rasés et des barbus : des chiffonniers, des employés de commerce, des manœuvres, des scribes, des gens de métier, et tout cela se devinait à leur marche et à leur figure.

Ils chantaient en levant leurs chapeaux d'un air d'enthousiasme; des sous-officiers d'infanterie les accompagnaient. Tous étaient blancs de poussière.

Enfin, quand les derniers, traînant un peu la jambe et hâtant le pas, pour rejoindre la queue de colonne, eurent défilé, Florentin me dit :

« Tiens, mon ami, voilà les jacobins en 1792, lorsqu'ils vinrent rejoindre l'armée de Custine et de Houchard, sous Thionville... les voilà!... C'étaient les légions de Popincourt, des Droits de l'homme, etc. Ils chantaient la *Carmagnole;* la *Marseillaise* n'est venue que l'année suivante, à l'armée du Rhin. »

Cette vue l'avait tout ranimé.

« Hé! hé! disait-il, en accrochant sa camisole et son chapeau de paille dans la baraque... Hé! hé! cela nous annonce la guerre!... Tout n'est pas fini! Nous avons Sarrelouis, Sarrebrück, Landau, là-bas, qu'il faut reprendre... la France ne veut pas qu'on l'avale par morceaux... Elle se remue... Bon!... bon!... du moment qu'on va se battre, c'est autre chose... Il faut que tout le monde s'en mêle... Nous allons voir!... nous allons voir!... »

Et ce jour-là nous rentrâmes plus joyeux en ville, vers trois heures. Nous passâmes sur la place d'Armes avant de retourner chez nous. La presse était grande, les nouvelles recrues recevaient leurs billets de logement.

Nous vîmes là, dans la foule, Paul et mon père; ils cherchaient le fils de M. Rigaud, de la rue du Faubourg-Poissonnière, correspondant de la maison, à Paris.

Mon père avait reçu l'avis de M. Rigaud, que son fils passerait à Phalsbourg; on le cherchait.

« Hé! le voilà!... cria Paul, comme nous arrivions, Florentin et moi. — Amédée!... »

L'autre se retourna. C'était un beau garçon, à la mine gaie, l'œil vif, avec de fines moustaches. Il est devenu colonel et s'est fait tuer en Afrique.

Paul et lui s'embrassèrent. Mon père lui serra la main et le pria de passer la journée chez nous, ce qu'il accepta de bon cœur.

On partait donc, bras dessus, bras dessous, quand, au milieu de la cohue, apparurent, venant de la porte d'Alsace, une vingtaine de solides gaillards à cheval, des chasseurs bavarois en grande tenue : culotte bleu de ciel, petite veste à brandebourgs blancs, shakos à larges bandes, des hommes superbes, grands, minces, la figure hardie; c'étaient des déserteurs, des Français de Landau, soumis à la Bavière depuis 1815; ils revenaient chez nous, comme c'était tout naturel.

Il en arriva des centaines d'autres pareils, en ce temps, par petits détachements; ils voulaient combattre avec nous pour ravoir leur patrie !

Et le père s'arrêtant une minute avec le chef du détachement, la main sur le col de son cheval, lui demanda s'il ne connaissait pas tel bourgeois de Landau, de telle rue, et ce qu'il faisait, car, jusqu'à l'annexion de Landau à la Bavière, les deux petites villes de Phalsbourg et de Landau frayaient ensemble; nous avions beaucoup de demoiselles mariées là-bas, et eux chez nous.

Ce garçon-là, qui s'appelait Roger Du-

bourg, répondit gaiement à tout, et les autres aussi; on accourait pour les voir et s'informer des anciens camarades établis à Landau et prisonniers de l'étranger depuis l'annexion. Les femmes, les filles, enfin tout le monde venait les entendre. Puis on les emmenait à droite, à gauche, sans billets de logement; ils étaient des nôtres.

Mon père prit le chef du détachement, en lui disant qu'ils iraient plus tard faire leur soumission à la place et qu'il l'accompagnerait chez le gouverneur. Nous eûmes donc, ce jour-là, deux hôtes à table : un Parisien de la rue du Faubourg-Poissonnière et un bourgeois de Landau, le fils du maître d'hôtel de la grande rue des Postes.

On conduisit les chevaux de ces gens dans les écuries de l'auberge du *Mouton-d'Or*, tenue alors par Luterspeck, le boulanger-traiteur.

Enfin, nous partîmes ensemble pour la maison, et sur le seuil de notre boutique, le père, se retournant, pria mon ami de vouloir bien dîner avec nous.

Sébastien Florentin sortait rarement de ses habitudes, mais ce que nous venions de voir sur la place l'avait rendu si joyeux qu'il accepta.

« Allons, dit-il en riant, une fois n'est pas coutume; mais il faut prévenir Frentzel.

— On va l'inviter aussi, monsieur Florentin, dit la mère; la fête sera complète. »

Rose partit aussitôt chercher Frentzel, et nous entrâmes dans la grande chambre en face de la halle, où la table était déjà mise.

Jamais je n'avais vu tant de bonnes choses à la fois ni d'aussi belles. Un grand vase de fleurs se dressait au milieu de la nappe damassée; les assiettes, les bouteilles, les carafes étincelaient tout autour; des crèmes, des gâteaux, des fruits, des croquettes couvraient l'étagère du buffet jusqu'en haut!

C'est que la mère, sachant que le fils de notre correspondant de Paris allait venir, avait voulu faire les choses convenablement, d'autant plus que mon frère Paul avait été souvent invité par M. Rigaud et qu'il était même question de le marier avec une des sœurs du jeune homme.

Enfin, c'était magnifique, et l'on peut croire que j'arrondissais les yeux et que je m'essuyais le nez du revers de la manche, en pensant que j'allais être d'une si bonne aubaine.

Mon seul regret était de penser que Justine n'en serait pas. En temps ordinaire, ma

Ils chantaient en levant leurs chapeaux. (Page 38.)

mère n'aurait pas manqué de la faire appeler ;
mais, le capitaine Vidal ne voulant plus entendre parler des jacobins, c'était une chose
impossible, et cela jetait un nuage sur ma
satisfaction, qui, du reste, je l'avoue, n'en
était pas moins fort vive.

Mon ami Florentin ne voyait pas non plus
ces choses d'un œil indifférent, car, à l'occasion, il aimait assez donner un bon coup de
fourchette et lever le coude, surtout quand
ces verres étaient pleins de vieux bourgogne.
Aussi se mit-il à rire de bon cœur, en disant
à nos deux autres convives :

« Hé ! hé ! les amis, je vous préviens que
vous ne rencontrerez pas souvent en campagne des dîners pareils... Tâchez d'en profiter !

Tout le monde riait. Et M^me Frentzel, qui
s'était dépêchée de jeter son beau châle jaune
sur ses épaules et de mettre son chapeau de
cérémonie, étant arrivée, après les saluta-
tions, on s'assit enfin, à ma grande jubila-
tion : moi au haut bout de la table, en face
des fenêtres, près de ma mère, M^me Frentzel
entre les deux jeunes gens, par galanterie ;
Florentin à droite de mon père, et Paul à
gauche.

La grande soupière arriva, répandant une
odeur de boulettes à la moelle, qui m'épa-
nouit le cœur et les joues.

Je ne veux pourtant pas vous raconter tout
notre dîner, vous pensez bien ! Malgré la joie
que j'en aurais, je ne veux pas vous dire tous
les plats qui défilèrent dans cette occasion

Les deux capitaines parurent. (Page 44.)

mémorable : les radis, la dinde farcie aux châtaignes, les écrevisses, et les bons coups que l'on but à la santé des anciens braves et des nouveaux, à la prochaine entrée en campagne, etc.

Non, ce serait trop long.

Tout ce que je puis vous dire, c'est que la gaieté augmentait à chaque nouvelle rasade, de sorte que, vers trois heures, tous les convives parlaient et riaient ensemble, sans s'écouter les uns les autres.

Mais la grande voix de mon ami dominait toujours le tumulte, et finalement, au moment du dessert, quand Frentzel eut reculé sa chaise pour faire place à son ventre, et que je me fus défait tout doucement deux boutons de ma culotte pour respirer plus à l'aise, dans ce moment Florentin, s'adressant au jeune Rigaud, s'écria :

« Tout va bien !... Oui... tout va très bien !... Mais vous ne nous avez pas encore raconté votre première bataille... Hé! hé! hé! où étiez-vous pendant l'affaire ?... Je pense bien que ce n'était pas à la cave... Hé! hé! hé!

— J'étais à la porte Saint-Denis.

— Ah! ah! Je vois ça d'ici... bon !... Et qu'est-ce que vous faisiez là?

— La garde royale nous attaquait, capitaine, et j'étais monté sur la plate-forme de la porte, avec d'autres ; on se passait de main en main les pavés pour repousser l'assaut ; nous en avions entassé des masses, jusque sur la corniche.

— Diable !... diable !... criait Florentin,

mauvaise position, jeune homme... pas de ligne de retraite... Si les autres l'avaient emportée, ils n'auraient eu qu'à murer le bas, et vous étiez tous pris ! Jamais, jeune homme, il ne faut entrer dans un conduit d'où l'on ne peut sortir par l'autre bout. C'est l'A B C du métier; ça coule de source, comme dit George Mouton. Enfin, vous avez fait une bêtise, vous m'entendez; mais, comme vous avez eu le dessus, ça revient au même que si c'était un trait de génie !

— Oui, oui, dit le père, et combien de grands génies avons-nous eu à ce compte-là ! Il faut réussir.

— Hé ! hé ! hé ! c'est sûr, criait Florentin, il faut réussir ! Et vous saurez aussi, jeunes gens, qu'il ne faut jamais se mettre à découvert, comme par exemple les bourgeois de Paris devant l'église Saint-Roch, surtout quand les autres ont des canons et qu'on n'en a pas. Les avons-nous balayés, ces pauvres bourgeois, en vendémiaire !... Ils auraient voulu se fourrer sous les marches !... on pouvait bien dire : « Adieu, paniers, vendanges sont faites !... » C'était la fin des sections... Mais vous saurez ça plus tard. »

Puis, se tournant vers le jeune homme de Landau :

« Et vous, camarade, fit-il, vous n'êtes donc pas content d'être avec les Allemands ? Ce n'est pas votre goût.... Vous aimez mieux votre pays, la vieille France ?

— Ah ! sans doute, sans doute, capitaine... vous pensez bien, répondit le jeune homme, devenu grave; nous n'avons jamais eu qu'un rêve : revenir à la patrie !

— A la bonne heure !... Donnez-moi la main, jeune homme. Vous avez bien fait de venir nous rejoindre avant la campagne; ça prévient les erreurs, on est sûr de ne pas tirer sur les siens. »

Ils se serraient la main, Florentin paraissait heureux, il revoyait les choses en beau, et mon père, tout attendri, disait :

« Je vois ce qui se passe là-bas; je suis sûr que tout se remue, de Landau à Sarrelouis; je suis sûr qu'on nous attend et qu'au premier mouvement tout sera debout; nous tomberons dans les bras les uns des autres.

— Oui, monsieur, s'écriait le jeune homme à son tour, en relevant fièrement la tête, oui, vous voyez juste; nous ne sommes qu'une seule famille, une seule nation ; notre sang s'est mêlé durant les siècles sur les champs de bataille ; nous n'avons qu'une âme, et cette âme est française ! »

Il était vraiment beau, ce jeune homme,

en disant cela, et Frentzel, qui n'éprouvait pourtant pas d'enthousiasme pour la guerre, ne put s'empêcher de dire, en se penchant à l'oreille de ma mère :

« Quel brave garçon !... et comme il parle bien !

— Oui, répondit ma mère, observant mon père assis en face d'elle, de l'autre côté de la table, il parle trop bien ! Si cela continue, Pélerin lui-même sera capable de remettre sa vieille giberne pour aller délivrer Landau et Sarrelouis ! Pourvu que cette idée ne lui vienne pas ! »

Mais elle finissait à peine de parler, que le père s'écriait :

« Il faut que tout le monde s'en mêle, il faut que tous les jeunes gens s'engagent dans l'armée active, et que nous autres nous reprenions nos armes pour défendre les places fortes. Les hommes comme moi, encore solides, pourront même former la réserve et marcher en cas de besoin. Je n'ai que quarante-huit ans, j'ai servi; et si le capitaine Florentin, qui a douze ans de plus que moi, peut marcher, je ne vois pas pourquoi je n'en ferais pas autant.

— Ça, c'est clair, dit Florentin, et je vous verrais avec plaisir dans ma compagnie. Vous connaissez encore votre école de peloton ?

— Parbleu !... Est-ce qu'on oublie jamais ça, capitaine ?

— Eh bien ! vous feriez un excellent sergent. »

Puis, se tournant vers les autres, il reprenait :

« Nous entrerons dans ce pays-là comme dans du beurre ; il faudra bien livrer deux ou trois batailles solides pour commencer, mais la guerre nous connaît. Nous avons perdu, c'est vrai, voilà quinze ans, après vingt ans de victoires; nous en avions assez... et puis tout le monde était contre nous. Maintenant, la force nous est revenue. Et vous verrez, jeunes gens, vous verrez que Lafayette, Gérard, Mouton, Soult et quelques autres vont tout reformer. Ce n'est pas difficile avec des Français, c'est en quelque sorte naturel, puisque chacun vient au monde soldat. L'un a du goût pour la cavalerie, l'autre pour l'artillerie... on ne gêne personne dans ses idées... ça marche tout seul. »

Et s'adressant au Parisien, qui souriait :

« Qu'est-ce que vous pensez de Louis-Philippe ? dit-il ; vous l'avez-vu ?

— Oui, capitaine.

— Eh bien ?

— Eh bien ! c'est un roi citoyen ; il donne des poignées de main à tout le monde.

— Oui... oui... c'est bo... s'écria Florentin ; mais les poignées de main sont vides : il faut quelque chose dans les poignées de main : Sarrelouis ou Landau. Alors, ce sera bien. — Et Lafayette, qu'est-ce que vous en pensez ?

« Lafayette, dit le jeune homme, est un peu vieux... soixante-treize ans !

— Eh bien ! dit Florentin, il fera la soupe pendant que nous nous battrons. »

Jamais je n'avais vu mon ami si gai.

« Maintenant les gardes nationales sont en train de se former, disait-il... L'ordre vient d'arriver... Écoutez dehors, tout chante, tout rit, tout est d'accord, et c'est la même chose d'un bout de la France à l'autre.

— Et chez nous aussi, disait le jeune homme de Landau, tout le monde est content, tout le monde espère la délivrance... Les Allemands eux-mêmes nous attendent, ils comprennent l'iniquité commise contre nous en 1815. On leur avait tout promis, pour les entraîner contre la France : toutes les libertés, tous les droits qu'ils réclamaient depuis trente ans. Qu'est-ce qu'on leur a donné? Ils sont plus malheureux qu'avant ; leur commerce est mort, leurs impôts augmentent, leurs droits politiques sont abolis. La révolution française et ses victoires leur avaient tout donné ; les victoires de leurs maîtres contre les Français leur ont tout repris.

— Hé ! sans doute, dit le père ; à moins d'être bornés ou de mauvaise foi, ils doivent le reconnaître. Ce serait un bonheur pour eux d'être mis en déroute tout de suite, pour redevenir ce qu'ils étaient : — pouvoir discuter leurs intérêts et faire leurs affaires eux-mêmes. Qu'est-ce que des gens qu'on mène à coups de trique? Des malheureux ! Je pense donc que tous les Allemands de bon sens feront des vœux pour nous.

— Certainement, s'écria le jeune homme. Si les souverains savaient combien une seule défaite ruinerait leur autorité et leur crédit, ils se dépêcheraient d'être raisonnables et de rendre à la France ce qui lui revient. Ce que tout le monde souhaite, c'est une paix durable. Les seuls intéressés à la guerre sont ceux qui grandissent et qui vivent du malheur public : ces hobereaux qui n'ont d'autre moyen d'existence que leur épée, et c'est pour maintenir la domination de cette race de proie qu'on ménage des occasions de guerre dans l'avenir ; car que de-viendraient ces gens-là, si les commerçants, les industriels, les travailleurs s'entendaient dans l'intérêt général? On ne pourrait plus piller, voler et brûler comme des brigands, sous prétexte que c'est la guerre ; les pauvres mères garderaient leurs enfants et le progrès de la civilisation serait assuré. Malheureusement, cela ne s'établira pas, tant que l'honneur et le droit d'une grande nation comme la France seront lésés, et tant que la race exécrable des hobereaux tiendra la pauvre Allemagne dans ses griffes... Voilà pourquoi des milliers d'Allemands se mettront du côté où se trouve la justice. »

Ce jeune homme plein d'enthousiasme faisait l'admiration de toute la société ; et le dîner continua de la sorte jusque vers sept heures.

Mon ami Florentin avait raison : toute la ville chantait, tous les habitants avaient un ou deux engagés volontaires à leur table, des Parisiens auxquels on faisait fête ; chacun y mettait tout son cœur, en écoutant raconter par ses hôtes les trois glorieuses journées.

Le soir, avant de nous séparer, Paul s'assit au clavecin, et nous chantâmes en chœur la *Parisienne*, que le jeune Rigaud avait apportée de là-bas :

Peuple français, peuple de braves...

Ce fut le dernier adieu d'une journée splendide.

Florentin partit à la nuit ; nous l'entendions crier dehors :

« Ça va !... ça marche !... »

Il serrait la main de tous ceux qu'il rencontrait.

Le lendemain, mon frère Paul s'engageait et se mettait en route pour Strasbourg, avec les nouvelles recrues, le père était content, la mère pleurait.

Ce même jour commençait la formation de notre garde nationale ; les paysans arrivaient en ville sous la conduite de leurs maires ; on les inscrivait à l'hôtel de ville.

Enfin tout annonçait que la nation était lasse de voir fouler son territoire par l'étranger, et qu'une guerre de délivrance allait bientôt éclater.

## XIII

Il existait encore, en 1830, une foule de vieux soldats ayant servi sous la république et l'empire, et même depuis la restauration, en Espagne et en Grèce; des gens sachant manier le fusil, battre du tambour, manœuvrer une pièce de canon, marcher par sections, en ordre de bataille, en colonne d'attaque, etc.; aussi vous pensez bien que notre garde nationale de Phalsbourg, sauf quelques vieux bourgeois encroûtés dans leur maison, ne fut pas difficile à former.

Aussitôt le recensement des citoyens capables de porter les armes fait à la mairie, on se réunit un dimanche matin sur la place d'Armes, pour procéder à la nomination des officiers, sous-officiers et tambours.

Je m'y trouvais naturellement, car aucun spectacle militaire n'échappait à mon attention; je courais à tous les rassemblements avec les camarades.

Ce jour-là, mon ami Sébastien gardait la maison. Un grand nombre des officiers de l'empire avaient été replacés dans leur régiment et s'étaient hâtés de rejoindre; mon ami, étant hors d'âge, ne pouvait rentrer dans l'armée active; il espérait être nommé capitaine dans la garde nationale; les colonels Thomas et Metzinger, le baron Boyer et le commandant de la vieille garde Michelair ne se trouvant pas sur les rangs, son espoir était légitime.

Mais la question était de savoir quel serait le commandant.

Je vois encore l'agitation de tout ce monde sur la place, paysans, citadins, en blouse, en redingote, en chapeau de paille, en bonnet, en casquette, venant, se consultant. Tous sentaient bien que les vieux de la vieille seuls avaient droit aux grades.

On commença par les grades inférieurs, caporaux, fourriers, sergents, sergents-majors; puis l'adjudant, les sous-lieutenants, les lieutenants, ainsi de suite; cela ne finissait plus. La chaleur sur la grande place était accablante; et comme midi sonnait à l'hôtel de ville, me rappelant que c'était l'heure de dîner, je courus chez mon ami Florentin.

Frentzel mettait la table.

« Que tu as chaud! me dit-elle en m'essuyant le front. D'où viens-tu?

— De la place d'Armes. On nomme maintenant les lieutenants; après, ce sera les capitaines. »

Je remarquai que Florentin était tout pâle; trop fier pour intriguer, il tenait beaucoup à son ancien grade et n'en aurait pas accepté un inférieur.

« C'est bon, fit-il en toussant tout bas; asseyons-nous. »

Le dîner fut silencieux; mon ami prêtait l'oreille au moindre bruit du dehors; les petites fenêtres, ouvertes et remplies du feuillage des pots de fleurs, laissaient arriver de loin quelques murmures : un roulement sur la place d'Armes, après la nomination de chaque officier; et ce vieux brave, qui n'aurait pas tremblé sous le feu d'une batterie de vingt-quatre, ne pouvait s'empêcher de tressaillir.

Enfin, tout bruit lointain cessa, les nominations étaient terminées, et personne n'était venu dire que Florentin avait été nommé quelque chose.

Après le dîner, Frentzel, comme d'habitude, apporta le café pour mon ami et le petit carafon d'eau-de-vie.

Il serrait les lèvres, tout distrait, et moi je le regardais en me disant : — Il oublie de se tremper mon petit morceau de sucre!

Quand tout à coup un grand roulement commença sous nos fenêtres, un roulement de tous les tambours réunis, l'ancien tambour-maître Padoue, le dentiste, en tête, comme au grand jour du nouvel an, quand on va souhaiter la bonne année aux chefs.

Toute la rue en frissonnait.

Je courus à la fenêtre, et, regardant dehors, entre les giroflées et les œillets, je criai :

« Mon ami, tous les officiers, tous les sous-officiers et tous les tambours de la garde nationale sont là. »

En me retournant, je vis mon ami Florentin tout droit, blanc comme un linge, mais ferme.

En même temps, la porte s'ouvrait, et les deux capitaines nommés, Ader et Roudolphe, parurent suivis de tout l'état-major.

Ader, prenant la parole, dit :

« Au nom de vos concitoyens de Phalsbourg, capitaine Florentin, j'ai l'honneur et le plaisir de vous annoncer que vous êtes nommé commandant de la garde nationale, à l'unanimité, sauf une voix, la vôtre, mon commandant. »

Alors Florentin se redressa; il respira lentement, comme si son cœur eût été soulagé d'un poids énorme, puis il répondit simplement :

« C'est bien, capitaine Ader, j'accepte! Et nous n'allons pas perdre de temps pour l'instruction du soldat; nous la commencerons demain. Je vais voir tout de suite le commandant de place et faire délivrer à nos hommes les armes et les fournitures en bon état; chaque homme en sera responsable. Il y aura deux heures d'exercice le matin, de sept à neuf heures, et deux le soir, de cinq à sept heures, soit sur la place d'Armes, soit au champ de Mars. Je m'entendrai pour cela avec le colonel du 18°. — Les sergents et les caporaux assisteront à tous les exercices et veilleront à l'exécution des mouvements. Ils apprendront à commander ; je serai là. — Les officiers de service me feront leur rapport tous les jours, un rapport détaillé. — Tout se passera militairement. Je veux que mes hommes connaissent tous leur école de peloton à fond dans six semaines ; c'est le temps qu'il faut quand on y met de la bonne volonté. »

Tous les autres, qui s'étaient attendus à des remerciements et peut-être même à l'attendrissement de Florentin, en apprenant qu'il était nommé commandant, restèrent stupéfaits ; et lui-même, sans doute, s'apercevant de leur surprise et changeant alors de ton, s'écria tout joyeux :

« Officiers et sous-officiers de la garde nationale de Phalsbourg, votre commandant Sébastien Florentin vous invite tous à un punch au rhum en l'honneur de sa nomination. »

Et se tournant vers Françoise :

« Frentzel, s'écria-t-il d'un ton bref, tu m'as entendu ; qu'on se dépêche ! — Messieurs, donnez-vous la peine de vous asseoir. »

Sa voix était toute changée, il était revenu au temps de Valladolid.

Alors les fronts se déridèrent, tous les anciens qui se trouvaient là pensaient que le commandant avait bien parlé, qu'il avait dit ce qu'il fallait dire, et que, dans deux mois au plus tard, on aurait un bataillon ferré sur les mouvements de marche et la charge en douze temps.

Frentzel comprit très bien que ce n'était pas le moment de faire des réflexions ; elle sortit avec son grand cabas chercher huit bouteilles de rhum avec du sucre et des citrons chez mon père ; en attendant son retour, Florentin fit entrer les tambours ; il ouvrit le secrétaire et leur distribua sans façon tout le fond de la corbeille de Frentzel, une vingtaine de francs en gros sous et en petites pièces, pour aller boire un coup à sa santé.

Il fit à Padoue l'honneur de lui dire qu'il ne s'était pas rouillé depuis 1815, et qu'il avait reconnu tout de suite son coup de baguette au roulement.

Padoue en eut les larmes aux yeux et répondit au commandant que le plus grand bonheur de sa vie serait de battre la charge devant le bataillon des Phalsbourgeois, comme à l'assaut de Saragosse et à l'affaire de Bautzen, où un coup de mitraille avait éventré son tambour. — Il s'écria que tous ses hommes en feraient autant, qu'il répondait d'eux, et finalement ils partirent tous en criant :

« Vive le commandant Florentin !... Vive le garde nationale de Phalsbourg ! »

Florentin rayonnait.

Là-dessus, Frentzel, qui s'était dépêchée, entra avec un punch magnifique auquel mon ami Florentin mit le feu lui-même ; et comme le vieux rhum s'enflammait d'un coup, il dit en souriant :

« Ça brille comme l'éclair du canon ; bon signe, camarades, bon signe. Que chacun remplisse son verre. Frentzel, tu peux aller à tes affaires. Roudolphe, je vous charge de servir là-bas.

— C'est bon, commandant. »

Et les verres étant remplis, Florentin, se levant s'écria :

« Je bois à la prochaine campagne ; ça ne peut pas tarder... Nous avons là-bas Sarrelouis et Landau qui nous attendent ; c'est là, camarades, que nous boirons notre deuxième et notre troisième punch. Et vous comprenez bien que nous serons à l'avant-garde ; tous ceux de la frontière auront le pas sur les autres, comme en 92. — A la santé des braves ! »

Tous répétèrent :

« A la santé des braves ! »

Les verres s'entre-choquèrent, et Florentin, me voyant là, me tendit son verre, après avoir bu, en me disant :

« Bois aussi, mon ami, bois ! Quel malheur que tu n'aies pas cinq ou six ans de plus, je t'aurais engagé comme tambour. Enfin, on ne peut pas avoir tous les plaisirs ensemble. Tu entendras la grande musique plus tard ; il ne faut pas perdre patience, à chacun son tour. »

Que vous dirai-je encore ? Jamais Florentin n'avait été si heureux ; mais cela ne lui fit pas oublier ses devoirs, et, vers deux heures, le bol de punch étant vide, il se leva gravement et dit :

« Messieurs, il est temps de songer à la distribution des armes, et je vais de ce pas trouver le commandant de place, pour que la chose se fasse sans retard. — A demain le premier appel, messieurs, à sept heures, sur la place d'Armes ; vous m'avez entendu ?

— Oui, commandant. »

On se sépara.

Florentin mit sa grande capote boutonnée jusqu'au menton ; il se coiffa de son chapeau et sortit, sa canne sous le bras.

Frentzel et moi, nous restâmes seuls. Elle ne se doutait pas encore que sa corbeille était vide ; quand elle s'en aperçut, je me demande la mine qu'elle dut faire.

En attendant, elle emporta le bol vide et les verres dans sa cuisine pour les laver. Elle était toute pensive et ne disait rien. — Coco, effarouché par tous ces mouvements, s'était mis à jaser ; Azor trottait sur les talons de son maître.

Je courus à mon tour raconter ces choses extraordinaires à la maison.


XIV


Le lendemain, aussitôt après déjeuner, mon ami Florentin et moi, nous partîmes pour le champ de Mars, hors de la ville.

La distribution des armes avait eu lieu la veille au soir à l'arsenal, ainsi que celle des sacs, des gibernes et des sabres-briquets ; l'armement était donc complet. Seulement, comme une foule de paysans et d'ouvriers ne pouvaient s'acheter un uniforme, il avait été décidé que la caisse de la garde nationale s'en chargerait, que chaque soldat serait en blouse bleue, avec ceinture de cuir et petite casquette à bordure rouge, et qu'en outre il recevrait une paire de souliers d'ordonnance solidement établis.

Ces distributions devaient se faire dans le plus bref délai possible ; tous les tailleurs et les cordonniers de Phalsbourg y travaillaient.

En attendant la livraison, l'exercice avait commencé.

Mon ami et moi, nous passâmes sur les glacis, auprès de son jardin ; nous étions aux plus beaux jours du mois d'août ; les arbres ployaient sous les pommes, les poires, les prunes ; la grande haie vive resplendissait de verdure ; Florentin n'y fit pas même attention, sa pensée était ailleurs.

Nous entendions de loin les commandements répétés par les échos de la demi-lune et des bastions :

« Une !... deusse !... une !... deusse !...

— Halte !

— Front !

— En place... repos ! »

Et ailleurs :

« Portez armes !

— Arme bras !

— Croisez... ettes !... »

Et cætera... et cætera.

C'était un bourdonnement de voix, un tumulte qui grandissait à chaque pas ; le front de Sébastien Florentin se déridait.

En arrivant sur l'esplanade des glacis, il fit halte un instant pour contempler ce spectacle. Le champ de Mars, encadré de vergers, était tout couvert d'hommes en habits bourgeois, les baudriers en croix, la giberne au dos, le sabre sur la hanche, allant, venant, par petits pelotons de trois, de quatre, les sergents devant, marchant à reculons, le fusil horizontal pour maintenir l'alignement et criant à tue-tête : « Une !... deusse !» Plus loin, contre la haie du cimetière, la compagnie des anciens, toute formée, manœuvrait sous le commandement du lieutenant Benoît. — Quel mouvement !... quelle animation !... Et tout cela sous un soleil splendide, les montagnes bleu d'émeraude et les crêtes des Vosges à l'horizon.

Ce qui me réjouissait le plus, c'était la mère Balais, nommée cantinière de la garde nationale, assise à côté de sa petite table en plein soleil, sous un immense parapluie tricolore, avec ses bidons, ses cruches, ses petits pains et son panier de pommes ; droite, raide, la lèvre ombrée de moustaches grises, les cheveux tortillés en queue de cheval sur la nuque, elle me produisait l'effet d'être la reine de la fête.

Enfin, ayant jeté son coup d'œil, Florentin repartit du pied gauche ; je courais sur ses talons ; il ne pensait plus à moi, l'ardeur de son vieux métier le possédait ; on aurait dit le vieux faucon auquel on vient d'enlever son capuchon et dont les ailes frémissent.

En passant à côté des petits pelotons, il s'arrêtait une seconde, fronçant le sourcil ; et s'adressant au sous-officier :

« Sergent, criait-il, un peu plus de vigueur dans le commandement : — Une !... deusse !... Une !... deusse !... » Et sa voix claire et nette, comme un cri de guerre, vibrait.

C'est ainsi qu'il arriva devant la compagnie des anciens, alors l'arme au pied, au repos. Il échangea deux mots avec le lieutenant Benoît ; puis, prenant le commandement de la compagnie lui-même :

« Attention au commandement ! dit-il. Portez armes ! »

Le mouvement fut exécuté comme s'il l'eût été par un seul homme.

« Arme bras ! »

Même précision.

Florentin souriait.

« C'est bien, disait-il. Croisez... ettes ! Très bien... nous n'avons pas oublié la manœuvre. Hé ! là-bas, le troisième homme du second rang, le coude au corps, les épaules effacées... Chargez !... »

J'avais vu bien des exercices depuis mes premiers jours, sur le bras de ma nourrice, j'en avais vu de tous les régiments en garnison chez nous, mais aucun ne s'était exécuté avec la vigueur et l'ensemble de ces anciens.

Aussi le commandant Florentin n'eut plus que des éloges à leur faire et dit au lieutenant Benoît de continuer, pour aller inspecter de nouveau les recrues.

En passant près de la mère Balais, comme il faisait très chaud :

« Assieds-toi là, sous le parapluie, me dit-il. Madame Balais, donnez un petit gâteau à cet enfant et des pommes.

— Oui, mon commandant. »

Il partit, et je restai là, assis sur un escabeau, près de la mère Balais, qui croyait renaître en se trouvant au champ de Mars, au milieu des bruits d'armes, comme vingt ans avant.

Pendant les moments de halte, les fusils étant en faisceaux, tout le monde accourait prendre un petit verre sur le pouce, casser un petit pain.

Enfin, c'étaient les premiers préparatifs de la guerre, et l'on pensait que tout cela ne serait pas une plaisanterie ; chacun se dépêchait de s'instruire, pour être prêt au grand moment de l'entrée en campagne.

A neuf heures, cette première leçon étant terminée et les troupes du 18e allant venir, musique en tête, prendre possession du champ de manœuvres, on se mit en rangs pour regagner la ville. La mère Balais replia bagage, et l'on partit au bruit du tambour.

Florentin et moi, nous restâmes les derniers à l'angle du bastion de la poudrière, regardant notre bataillon défiler sur la grande route blanche jusque dans Ravancée.

Alors mon ami s'écria :

« Ça va bien !... Qu'est-ce que tu penses de ça, mon ami ?

— Ça va bien !

— Oui, dans un mois, tu verras, reprit-il, tu verras comme ils emboîteront tous le pas... Une !... deusse !... une !... deusse !... »

Il riait. Puis, redevenu plus grave, il me prit par la main, et dit :

« Rentrons !... il faut que je parle à ton père. »

Mon père avait été nommé sergent, mais il se trouvait retenu par le capitaine Roudolphe pour l'organisation de la comptabilité du bataillon. Il paraît que tout était déjà terminé, car, en arrivant sur la place des Halles, nous l'aperçûmes de loin sur notre porte. Il descendit les trois marches de la boutique pour saluer M. Florentin.

« Vous devez être content, commandant, lui dit-il.

— Très content, monsieur Pélerin, très content. Mais nous avons à causer d'autres choses... d'affaires particulières.

— Ah ! fort bien. Alors donnez-vous la peine d'entrer au bureau. »

Nous entrâmes dans l'arrière-boutique, et mon ami, plus embarrassé que sur le champ de manœuvres, se prit à dire :

« Il faut que vous m'achetiez mon jardin, monsieur Pélerin.

— Votre jardin ? dit mon père étonné, et pourquoi cela, monsieur Florentin ? Il est votre distraction, votre amusement. Il est très beau, votre petit jardin, plein d'arbres fruitiers que vous avez plantés vous-même, tous excellents, tous en plein rapport. Et votre petite baraque, si jolie, entourée de vignes et tapissée à l'intérieur de vos anciennes batailles... Et cet enfant, que vous avez élevé là-dedans... et tout le reste !

— Oui, dit Florentin, je vous le vends huit cents francs. Un commandant, vous comprenez bien, ne peut pas être en bourgeois ; il lui faut l'uniforme, les épaulettes, l'épée d'ordonnance ; il lui faut la grande et la petite tenue... c'est de rigueur. Avec huit cents francs, c'est tout au plus si j'aurai tout cela. »

Mon père avait les larmes aux yeux en écoutant cet être naïf et brave lui donner ces explications.

« D'abord, monsieur Florentin, lui dit-il, votre jardin vaut plus de huit cents francs ; il en vaut de mille à douze cents pour le moins.

— Vous croyez ?

— Certainement. Il est admirable, votre petit jardin, c'est le plus beau, le mieux soigné et le mieux situé des environs ; vous l'avez payé de vos économies, vous vous êtes imposé des privations pour l'acheter,

Il partit, et je restai là, assis sur un escabeau. (Page 47.)

il vaut douze cents francs comme un liard, et puisqu'il ne vous en faut que huit cents, je vous les prête sur ce jardin ; c'est de l'argent placé sur solide hypothèque.

— Oui, mais les intérêts ?

— Les fruits et les légumes couvriront largement les intérêts. Mais, tenez, monsieur Florentin, arrangeons les choses plus simplement encore ; commandez au tailleur, au passementier, à tous vos fournisseurs ce dont vous avez besoin, et, après cela, envoyez-moi les notes, je réglerai et vous serez débarrassé de tous ces soucis. Vous me payerez à votre convenance, vous prendrez autant de temps que vous voudrez. »

Alors Florentin partit d'un grand éclat de rire.

« Ma foi, dit-il, vous avez raison, c'est le plus simple ; mais je vais vous signer un billet.

— Allons donc !... Est-ce que votre parole ne me suffit pas ? »

Mon ami Florentin rayonnait.

Ils se donnèrent la main, et le capitaine partit directement à travers la place d'Armes, vers la maison du tailleur Kuhn, pour commander son uniforme.

Il allongeait le pas et se redressait fièrement, comme s'il eût déjà porté ses épaulettes de commandant.

Mon père, de notre seuil, le suivait du regard, tout attendri.

« Pauvre brave homme, se disait-il, brave comme La Tour d'Auvergne et naïf comme un enfant !... Cela n'a rien appris de la vie

C'est bien! — Prévenez en passant le capitaine Ader. (Page 50.)

pendant toutes ces grandes guerres ; cela ne sait rien que deux mots : — Honneur et patrie !... — Brave homme !... »

Puis, rentrant dans la boutique, il raconta simplement à la mère ce qui venait de se passer. Elle l'écoutait aussi tout émue.

« C'est bien, dit-elle, c'est très bien, Pèlerin, tu as très bien fait... Ce jardin-là, où nos enfants ont été élevés, doit rester à l'excellent homme. Nous règlerons toutes les notes, et Frentzel nous payera comme toujours, quand elle pourra. »

Ayant échangé ces paroles, ils retournèrent au comptoir servir les pratiques, et moi je courus chez mon ami, car onze heures et demie sonnaient : on allait se mettre à table.

J'entrais à peine, que Florentin arrivait derrière moi, la satisfaction peinte sur sa figure.

« Ça va bien, dit-il, en déposant son chapeau et sa canne à leur place ordinaire. »

Puis, élevant la voix :

« Frentzel !... Frentzel ! cria-t-il.

— Qu'est-ce que tu veux, Florentin ? répondit Françoise de la cuisine.

— Je rentre, Frentzel, tu peux servir.

— C'est bon... c'est bon... J'arrive !... Me voilà ! »

XV

Aussitôt que mon ami Florentin eut son uniforme, le vieux soldat reparut tel qu'il avait été quinze ans avant : toujours à l'exercice en shako et hausse-col, l'épée au côté ; à la maison en petite tenue, le bonnet de police à gland d'or sur l'oreille, les moustaches astiquées, le verbe haut, le regard impératif.

Frentzel ne lui répondait plus d'un air nonchalant : « Oui, Florentin, oui... me voilà... J'arrive ! » Elle trottait au commandement, et Florentin ne souffrait plus de réplique.

Au champ de Mars, le règlement militaire était en vigueur ; tous ceux qui ne répondaient pas à l'appel avaient leurs vingt-quatre heures de prison ; ensuite trois jours en cas de récidive, sans rémission ; et les bourgeois, les honnêtes bourgeois se désolaient de s'être donné un chef pareil ; qui pouvait prévoir ce changement ?

Les anciens seuls trouvaient la chose parfaite, admirable ; ils n'attendaient plus que l'établissement d'un conseil de guerre en permanence à l'hôtel de ville pour condamner les gens au boulet, à la dégradation, à mort, selon la gravité des faits ; ce seul chapitre les faisait encore soupirer ; après cela, l'entrée en campagne et l'ordre de marcher sur Sarrelouis.

Or, un jour que nous venions de l'exercice, mon ami Florentin et moi,—quand le contre-appel avait eu lieu sur la place d'Armes, et qu'au commandement de : « Rompez les rangs ! » chacun s'en allait à la maison, le fusil sur l'épaule, bien content d'être quitte de sa corvée,—nous aperçûmes de loin un gendarme à cheval qui stationnait devant notre porte.

« C'est l'ordre de partir ! » dit Florentin en hâtant le pas, car cette idée lui trottait toujours en tête ; elle lui avait même fait oublier Reichstadt !

« Eh bien ! gendarme, dit-il, qu'est-ce que c'est ?

—Un ordre de la préfecture, mon commandant, » répondit le gendarme en lui remettant la missive.

Florentin rompit le cachet, y jeta les yeux, et dit d'un ton de demi-satisfaction :

« C'est bien ! — Prévenez en passant le capitaine Ader de se rendre chez moi sans retard.

— Oui, mon commandant, » dit le gendarme, en s'éloignant au pas.

« Voici notre affaire ! s'écria Florentin, entrant dans la chambre tout joyeux, ce n'est pas encore l'ordre de marche, ce n'est qu'un petit commencement, mais ça viendra... »

Il s'était débarrassé du shako, du hausse-col, de l'épée, et venait de s'asseoir à son secrétaire,—tandis que Frentzel, toute mé-

lancolique, nous servait le déjeuner, — lorsque le capitaine Ader parut.

Florentin écrivait.

« C'est vous, capitaine, fit-il, asseyez-vous · nous avons à causer. »

Puis, se retournant, les yeux étincelants et le sourire aux lèvres :

« Vous savez, capitaine, dit-il, que les gens de Garbourg et de Hüldehouse se remuent dans la montagne. Ils ravagent les forêts de l'État ; ils ont même tué le garde-chef Nicolas Hepp. Leur contrebande en poudre, en tabac, en cartes à jouer, en tout, ne fait que s'étendre de plus en plus ; ils en inondent la Lorraine et les environs, c'est une peste, une vraie peste ; et voilà qu'avant-hier ils ont reçu dans leur nid de roches la gendarmerie par un feu roulant. — Vous savez ça ?

— Oui, mon commandant.

— Eh bien, je vais leur apprendre de quel bois Sébastien Florentin se chauffe, reprit mon ami en fronçant les sourcils. Voici un ordre de la préfecture qui me demande une compagnie de garde nationale pour appuyer le mouvement de la gendarmerie sur Hüldehouse. Vous allez donc faire battre le rappel immédiatement, et vous choisirez tous nos anciens pour cette expédition. C'est à proprement parler un petit coup de main dans la Sierra-Morena pour l'enlèvement d'une guérilla, vous comprenez ? Il faut des hommes solides, dont le jarret ne soit pas encore usé. Vous les préviendrez que c'est moi qui commande l'expédition. Tous auront la tenue ; pas de blouse ; il faut frapper de respect cette canaille par la vue de l'uniforme. Que les bourgeois prêtent leurs uniformes à ceux qui n'en ont pas, ou qu'ils marchent eux-mêmes ! Vous commanderez en second. C'est compris, capitaine ?

— Parfaitement, mon commandant.

— Vous ferez parvenir cet avis au commandant de place, pour que la distribution des cartouches ait lieu sous la voûte de la mairie, à trois heures. A trois heures et demie, après l'appel, nous serons en route, par le chemin de la fontaine du château, pour gagner le vallon des Roches et de là Hüldehouse.

— Cela suffit, mon commandant, » dit alors le capitaine Ader, en saluant. Il sortit, tandis que Florentin et moi nous nous asseyions à table pour dîner.

On pense si je dressais l'oreille et si j'avais envie d'être de l'expédition.

Tout ce que mon ami venait de dire des gens de Garbourg, de Hüldehouse, et de plus loin, était vrai. Ils avaient même dressé des chiens pour faire la contrebande; ces animaux aboyaient à l'approche des douaniers et des gardes forestiers; ils traversaient haies, torrents, halliers, broussailles, avec leur charge de contrebande; il était bien rare d'en abattre quelques-uns, et l'on ne pouvait verbaliser contre les maîtres, qu'on ne connaissait pas.

Toute cette race venait chez nous les jours de marché; notre boutique en fourmillait : c'étaient des êtres secs, rudes, déguenillés, marchant pieds nus, les cheveux hérissés, la barbe en broussaille; et leurs femmes, crasseuses, les cheveux emmêlés, les yeux sauvages, les bras jaunes, les coudes pointus, la peau tannée, les accompagnaient; ce sont elles qui portaient les fardeaux; eux, ils n'avaient que leurs bâtons et leurs pipes.

Tous ces gens n'étaient pas maîtres de leurs mains; on les surveillait dans notre boutique comme des voleurs de profession; on ne leur faisait jamais crédit, car ils niaient toujours, et, quoique fort dévots, ils levaient la main en justice.

Mais, quand on voulait avoir du gibier en temps prohibé, du poisson ou de la contrebande, on n'avait qu'à leur dire deux mots, et ils vous l'apportaient sans faute.

Voilà les gens que Sébastien Florentin voulait dénicher; pendant tout le dîner, je ne fis que rêver au moyen de le suivre, pour entendre siffler les balles et voir les feux roulants dont il m'avait parlé tant de fois.

Lui, naturellement, occupé de son plan de campagne pour tourner les villages, restait silencieux.

Frentzel ne soufflait pas mot. Et comme elle venait de servir le café, prenant mon air le plus câlin, je demandai à mon ami si je n'aurais pas la permission de courir derrière le détachement.

Cette question, interrompant ses méditations, le fit me regarder tout rêveur, et, seulement au bout d'une minute, il eut l'air de me comprendre et me répondit :

« Pour ça, non, mon ami, ce n'est pas possible; ton père ni ta mère ne voudraient pas, ni moi non plus... C'est trop loin... Et puis... une balle perdue... Enfin... non!... Je voudrais bien, mon ami, mais ça viendra plus tard. »

Alors, avec la finesse des enfants, je compris tout de suite qu'il ne céderait pas et je dis :

« Puisque tu ne veux pas, mon ami, je resterai avec Frentzel.

— Oui... c'est ça... vous resterez ensemble!... C'est dommage, tu m'aurais vu manœuvrer... Ce qui est différé n'est pas perdu. »

Et, se levant, il se revêtit de sa tenue de campagne, il roula lui-même son manteau, qu'il passa en sautoir sur son épaule, et sortit en disant à Frentzel :

« Après-demain au plus tard l'affaire sera faite, Françoise; ainsi, pas d'inquiétude. »

On voyait que c'était sa formule d'autrefois; Frentzel lui répondit d'un air de résignation :

« Pourvu qu'il ne t'arrive pas malheur, Florentin!

— Allons donc! fit-il en revenant... Une poignée de chouans! »

Et il l'embrassa, puis il partit.

Je vis alors qu'il aimait bien Frentzel tout de même; et entendant au loin le roulement de l'appel sur la place d'Armes, — Frentzel venait de rentrer dans sa cuisine, — je me glissai tout doucement dehors, et je courus prévenir deux ou trois bons sujets de mon âge, les fils Gourdier et le rouge Materne, de ce qui se passait.

Nous prîmes les devants sur le détachement, par la porte d'Alsace, courant à la fontaine du château, où nous fîmes halte pour guetter le passage de nos gens et les suivre de loin.

Nous restâmes là près de deux heures, assis dans l'herbe, les jambes écartées, autour de la source, derrière les haies touffues du cimetière des juifs, fort impatients de voir arriver notre monde. J'avais seul une veste, des souliers et un chapeau de paille; mes camarades, en pantalon de toile et manches de chemise, les pieds nus, coiffés de leurs grands cheveux jaune filasse, riaient, contents de se trouver là plutôt qu'à l'école du père Vassereau.

L'ardeur du soleil n'avait jamais été plus grande, elle teignait en rouge les vieilles roches grises de la gorge, à l'entrée de laquelle nous étions.

« Hé! ils ne viendront donc pas? disait Materne, regardant le coin du cimetière où débouchait le chemin. Voici trois heures et demie qui sonnent en ville. Si Pélerin nous a trompés, gare!... gare!...

— Je ne vous ai pas trompés; mais je n'ai pas peur de toi, Materne, lui dis-je.

— Parce que tu as de beaux habits et que tu bois du vin, tu crois être le plus fort, dit-il; mais je porte des fagots et je grimpe mieux que toi.

— Oh! pour grimper, je ne te crains pas non plus, » lui répondis-je.

On voyait que les gueux m'en voulaient à cause de mes beaux habits, et peut-être aurions-nous fini par une bataille si, dans le même instant, au loin, des pas nombreux ne s'étaient fait entendre. Alors toute la bande, se penchant pour voir à travers la haie, s'écria :

« Les voilà!... Tenez, là-bas, les collets rouges et les baïonnettes défilent sur les glacis... Vite, cachons-nous!... »

Chacun courut se blottir dans les broussailles, et, quelques instants après, le détachement descendait la petite allée des Houx, allongeant le pas vers le vallon. Toute la compagnie, l'arme à volonté, riait et babillait, comme il arrive aux troupes en marche. Mon ami Florentin, le manteau roulé sur l'épaule, marchait tout allègre et l'air joyeux, sur le côté, causant avec le capitaine Ader. Du reste, nous ne pouvions les entendre causer, à cause du roulement des pas dans le sentier pierreux ; mais à peine eurent-ils défilé, que nous sortîmes de nos cachettes, déboulant dans la gorge tortueuse.

Près de nous serpentait le ruisseau de la fontaine, presque desséché par l'ardeur du jour. Mes camarades, avec leurs pieds nus, durs comme des semelles de bottes, sentaient moins les cailloux que moi dans mes souliers ; c'étaient de vrais Phalsbourgeois, l'amour de la fusillade les animait ; on aurait dit une troupe de petits loups sur la piste de quelque gibier.

Bientôt nous fûmes entre les roches arides, sans une touffe de mousse, et nous aperçûmes au loin, dans le fond du défilé, sur la lisière de la forêt, le hardier Tobie Lupin, au milieu de ses pourceaux enfouis dans le sable chaud et de ses chèvres qui grimpaient sur les deux pentes du vallon. Il était assis, le dos appuyé contre une roche, et travaillait à l'ombre de son grand chapeau de crin, qui lui servait de parasol. Il tressait des paniers d'osier ; son chien, à longs poils roux, ramenait les chèvres qui s'écartaient trop du vallon.

A la vue des gardes nationaux sur deux lignes, le chien lança quelques aboiements sonores, et tous les échos en retentirent jusqu'au fond des bois.

Tobie Lupin tourna la tête ; depuis trente ans il n'avait pas été troublé dans sa solitude, et il regardait, étonné.

Les gardes nationaux passèrent, ils entrèrent sous les arbres et disparurent, comme un ruban rouge et bleu, dans la verdure de la forêt.

Aussitôt, toujours galopant, nous descendîmes derrière eux. La sueur me coulait le long des jambes jusque dans les souliers.

Tobie Lupin ne fit attention qu'à moi ; les autres, il était habitué de les voir aller et venir, leur fagot ou leur petit sac de faînes sur l'épaule.

« Tiens! fit-il, c'est le fils de M. Pèlerin ! Où vas-tu donc?

— Là-bas... lui dis-je, embarrassé de répondre, où vont les autres. »

Le chien descendant sur moi tout hérissé, j'avais à peine eu le temps de ramasser une pierre, quand Tobie le siffla :

« Arrive ici, Pataud! »

Alors je courus, suivant les camarades, bien content d'en être réchappé et de me trouver à l'ombre des hêtres, dans les hautes bruyères lilas et les genêts dorés grimpant à perte de vue jusque sur la côte.

Le ruisseau s'était fait torrent, il écumait sur les roches au fond du ravin, répandant une agréable fraîcheur ; mais déjà je commençais à trouver le chemin bien long et je me retournais de temps en temps pour voir si l'on découvrait encore la ville.

Elle était à plus d'une lieue en ligne droite : c'est à peine si j'apercevais encore son clocher surmonté du nid de cigognes ; l'inquiétude me gagnait, et, malgré cela, voyant les camarades courir sans relâche, je n'osais m'arrêter.

Nous arrivions au débouché de la gorge, où le torrent se jette dans la Zorn, quand, tout à coup, au détour du sentier, nous fûmes en présence de notre détachement, qui venait de faire halte ; et quelle ne fut pas notre surprise de voir là, sous la haute ramée, au milieu des bruyères, cinq ou six gendarmes à cheval, avec leurs grands chapeaux, et plus de vingt gardes forestiers en habit vert, petite casquette à cor de chasse, le mousqueton en bandoulière!

Mon ami Florentin et le capitaine Ader, dans l'ombre papillotante, se trouvaient avec eux ; ils délibéraient ensemble, et nos gardes nationaux, alignés sur le sentier, l'arme au pied, s'essuyaient le front, tirant leurs mouchoirs du fond des shakos.

C'était un coup d'œil admirable, plein de lumière et d'ombre ; l'éclat des armes et des uniformes au milieu de la verdure vous éblouissait.

Il paraît qu'on s'était donné rendez-vous là, pour s'entendre avant de grimper la côte.

Et, comme notre arrivée étonnait ce monde, Florentin, s'étant retourné, me vit sautant dans les bruyères pour me cacher, et s'écria d'une voix tonnante :

« Halte ! qu'on l'arrête et qu'on me l'amène avec les autres. »

Deux sentinelles, qu'il avait postées plus loin dans le sentier, nous barrèrent le passage ; on nous empoigna et on nous conduisit comme des malfaiteurs au milieu d'un piquet, en présence de mon ami Florentin, qui n'avait pas l'air tendre.

« Qu'est-ce que tu viens faire ici ? me dit-il d'un ton rude, en fronçant les sourcils.

— Je veux voir la bataille, lui répondis-je hardiment.

— Est-ce que tu ne m'avais pas promis de rester avec Frentzel ?

— Oui ! mais je veux voir la bataille. »

Il semblait sévère, et pourtant malgré lui son front se déridait ; il ne pouvait s'empêcher de sourire dans ses moustaches.

Les gendarmes, autour de nous, restaient graves.

« Et vous autres, tas de gueux, s'écria Florentin en s'adressant à mes camarades, qui est-ce qui vous a permis de nous suivre ? Vous êtes des espions, bien sûr, des espions de Garbourg et de Hüldehouse. Si je vous faisais fusiller, qu'est-ce que vous diriez ? »

Mais, voyant qu'au lieu de trembler, ils se grattaient l'oreille et le bas du dos d'un air embarrassé, il se tourna vers le brigadier de gendarmerie Klein, en s'écriant tout joyeux :

« Savez-vous, brigadier, que ces gueux-là feront de fameux soldats, et que si la guerre commence, dans vingt ans plus d'un sera capitaine comme les anciens ?

— Certainement, mon commandant, dit le brigadier, ça ne m'étonnerait pas du tout.

— Oui, dit Florentin, mais, en attendant, je vais faire reconduire celui-ci à Phalsbourg, car ses parents sont de braves gens. Quant aux autres, qu'ils nous suivent ou qu'ils s'en retournent, ça les regarde. »

Et voyant de loin une vieille en train de faire un fagot sous bois, il ordonna d'aller la chercher.

C'était Jeannette Magloire, du Bois-de-Chênes, qui venait souvent dans notre boutique.

« Vous connaissez cet enfant-là ? lui dit-il,

— Oui, c'est le fils de M. Pélerin, l'épicier en face de la halle.

— Eh bien ! vous allez le reconduire chez ses parents. Voici pour vous. »

Il lui serra quelque chose dans la main, et Jeannette Magloire parut bien contente.

Moi je me révoltais, je sanglotais. Mais Florentin, étendant le bras, me dit cette fois d'un ton vraiment fâché :

« File !... Et bien vite !... Tu m'entends ?... Il y a là des baguettes de noisetier... Attention !... »

Je compris que c'était sérieux, et j'enfilai le sentier devant la vieille, tout penaud. L'idée me venait aussi que la nuit approchait, que c'était bientôt l'heure du souper, et cela contribuait à ma soumission.

Enfin je partis avec Jeannette, repassant par toutes ces roches et gagnant le vallon à la nuit tombante.

Je n'en pouvais plus de fatigue.

Nous passions le long des petits jardins, au pied des glacis, quand une voix se mit à crier :

« Le voici... maman... le voici !... »

Je reconnus la voix de Justine.

Nicole sortit aussitôt de leur jardinet, en s'écriant :

« Oh ! malheureux, dans quel état sont tes parents !... On te cherche depuis des heures... Frentzel... ta mère... Rose... tout le monde... On te croyait perdu... Arrive !... arrive !... »

Et, me prenant par la main, elle m'entraîna.

Justine, à côté de moi, courait.

« D'où viens-tu ? faisait-elle en galopant tout essoufflée.

— De là-bas ! J'ai suivi la garde nationale... On m'a renvoyé avec Jeannette Magloire... Je voulais voir la bataille !...

— La bataille !... Mais on se tue dans les batailles... tu ne sais donc pas cela ?

— Si... mon ami me l'a raconté...

— Eh bien ?... Et si l'on t'avait tué... Oh ! Lucien !... »

Puis, me prenant la main et se penchant à mon oreille :

« Tu ne sais pas ? disait-elle, mon père est nommé commandant... Il est parti ce matin pour rejoindre son régiment à Bayonne... Nous... nous restons ici... Tu vas pouvoir revenir à la maison... Nous allons encore une fois nous amuser... — Ah ! que j'ai trouvé le temps long après toi !...

— Oui !... oui !... disait Nicole. Mais avant de s'amuser, Lucien peut apprêter son dos !... Ah ! le mauvais sujet !... ses pauvres parents... leur en a-t-il donné des inquiétudes !... Quelle raclée il va recevoir ! »

Elle ne me lâchait pas, et moi, entendant

cela, j'aurais voulu reprendre le chemin du vallon des Roches.

En ville, lorsque nous entrâmes, tout le monde me regardait.

Il paraît qu'on avait couru partout, qu'on m'avait cru tombé des remparts et noyé dans les mares à grenouilles des vieux fossés de la place.

Naturellement la crainte de rentrer chez nous me serrait le cœur, et je ralentissais le pas tant que je pouvais.

Justine, me tenant toujours par la main disait :

« Ne cours pas si vite, maman... Ce pauvre Lucien... il est trop fatigué... Tu vois... il ne peut presque plus marcher !..

— Oui... oui... disait Nicole en m'entraînant, il a bien pu courir derrière la garde nationale... Mais gare!... gare!... »

En approchant de la halle, voyant de loin des ombres sur les vitres de notre boutique éclairée à l'intérieur, je compris qu'on m'attendait, que la nouvelle de mon retour était annoncée, et je me figurai la mère, qui ne plaisantait pas dans les grandes occasions, toute prête à me faire bon accueil. Alors, à quelques pas de notre escalier, je me laissai tomber, et Nicole voulant m'emporter, je me pris à crier comme si on m'avait écorché.

Justine pleurait et disait :

« Oh! maman!... oh! maman!...

— Ah! je te conseille de le plaindre, » criait Nicole.

En ce moment, la porte s'ouvrit, et ma mère parut sur les marches, avec la grande verge de saint Nicolas. Rose tenait la lampe. Elles allaient descendre, et tous les voisins regardaient déjà des fenêtres la réception qu'on allait me faire, lorsque Justine, s'élançant devant moi, se prit à plaider ma cause avec une gentillesse qui m'attendrit encore quand j'y pense.

« Oh! madame Pélerin, disait-elle, il ne le fera plus... Il s'en repent... N'est-ce pas, Lucien... tu ne te sauveras plus? Ce n'est pas sa faute, madame Pélerin... son ami Florentin lui a raconté tant de batailles! il voulait en voir une!... Si vous saviez... comme il est las!... comme il est las!... Oh! madame!... »

Ma mère ne se laissait pas attendrir; mais le père, ayant fait deux pas dehors et regardant Justine qui parlait, ses beaux yeux bleus remplis de grosses larmes, ses petites mains jointes d'un air suppliant, s'écria :

« Ah! mauvais drôle, tu as de la chance d'avoir un avocat pareil!... Sans cela, on t'aurait reçu comme tu le mérites... Va te coucher sans souper... Vite!... Et ne recommence pas... ou tu auras affaire à moi!... »

Alors j'obéis; et comme j'entrais, l'oreille basse, ma mère levant sa grande verge pour m'en donner un coup sur le dos, il lui retint le bras en disant :

« Non!... J'accorde sa grâce à Justine. »

Et se baissant, les mains étendues vers mon amie :

« Viens ici, petite, fit-il... Je vois que tu l'aimes bien et que tu seras un jour une bonne femme. »

Il l'embrassa.

Moi je courais déjà dans l'allée, bien content d'en être quitte à si bon compte et peu curieux d'entendre les compliments qu'on pouvait encore me faire. Tout ce que je sais, c'est que, si l'école du père Vassereau n'avait pas été en vacances, le lendemain on m'y aurait mené pour sûr.

Quant à Justine, on peut croire qu'à partir de ce jour je l'aimai mille fois plus encore ; mais la mère était devenue plus sévère, surtout en apprenant que j'avais couru avec les Gourdier et le rouge Materne; elle attendait avec impatience la rentrée de l'école, ne se fiant plus autant qu'autrefois à la surveillance de Françoise.

La perspective de me trouver bientôt sous la férule de M. Vassereau me rendait tout inquiet; ce fut le retour de mon ami Florentin, rentrant victorieux à la tête de son détachement, qui me ranima.

J'aurai toujours ce spectacle sous les yeux.

Le matin du troisième jour, vers sept heures, pendant le déjeuner, on entend le tambour de Padoue battre la marche sous la porte de France; tout le monde s'écrie :

« Les voilà!... Ce sont eux qui rentrent! »

Et l'on court, on se presse dans la rue.

Je m'étais levé. Frentzel, elle-même, tout émue, me prit par la main en disant :

« Viens! »

Et nous courûmes jusqu'à la place des Halles.

En ce moment arrivait sur la route notre détachement, escortant une longue file de gueux, hommes et femmes, liés deux à deux, en haillons, les guenilles pendantes, la barbe et les cheveux ébouriffés, marchant fièrement entre les lignes de baïonnettes.

Florentin et son capitaine marchaient auprès, tout blancs de poussière, mais joyeux ; et derrière suivaient trois grandes charrettes de poudre et de tabac, escortées par les gendarmes.

C'était une razzia complète.

Arrivée devant la voûte de la mairie, la colonne fit halte, et le geôlier Harmentier sortit de sa loge avec son trousseau de clefs pour recevoir les prisonniers.

On les délia; ils défilèrent un à un dans le cachot, lançant des regards effrontés et faisant des grimaces aux curieux, étonnés de leur air hardi.

Puis le verrou de la première porte glissa dans son anneau, Harmentier mit les cadenas et poussa la seconde porte massive sur la première, en fermant l'énorme serrure à double tour.

J'étais là, dans la foule, les yeux ronds, la bouche béante, me disant que les gros rats ne devaient pas manquer dans ce trou noir.

Mon ami Florentin, sur les marches de la mairie, recevait les compliments du commandant de place et du colonel du 18e.

« Un beau coup de filet, commandant! lui disaient-ils en riant.

— Oui, mais nous n'avons eu que la peine de les prendre, comme la pie au nid; ils ont vu tout de suite que la retraite était coupée.

— Vous aviez tourné la montagne?

— C'est clair! J'avais posté mes hommes dans la forêt, autour du village. Après cela les gendarmes et les gardes forestiers sont entrés dans les maisons. Les bandits regardaient par leurs lucarnes; ils avaient bien envie de décamper, mais, en apercevant les baïonnettes des hommes reluire au clair de lune sur la lisière du bois, ils devenaient doux comme des moutons et tendaient eux-mêmes les mains aux menottes des gendarmes. Pas un n'a eu le courage de brûler une amorce... Canailles! »

Florentin semblait vexé.

« C'est comme les loups, dit le commandant de place, une fois dans la fosse, ils ne bougent plus; on descend leur passer la muselière, ils n'osent pas même montrer les dents.

— Vous n'auriez pas mal fait, s'écria le colonel, d'en passer une demi-douzaine par les armes, pour l'exemple. Tuer un vieux garde, un ancien sergent du 6e léger, père de huit enfants! »

Comme Frentzel et moi nous écoutions, Florentin nous vit et nous embrassa, après avoir salué le commandant et le colonel. Ensuite nous partîmes pour la maison.

Le déjeuner était encore sur la table.

Florentin ôta son épée, mit son bonnet de police et s'assit en retroussant ses moustaches et s'écriant :

« Ça va!... ça marche!... »

Et tout en mangeant d'un fier appétit, il me regardait avec attendrissement, heureux de me revoir.

Puis, reprenant ses idées :

« On s'est dégourdi les jambes, disait-il, tout a bien été. Maintenant, que la campagne s'ouvre! je réponds de mes hommes!... »

XVI

Après cette expédition de Florentin à Hüldehouse, vers la fin de septembre, le bruit se répandit qu'on distribuerait des drapeaux à toutes les gardes nationales de France.

Alors commencèrent les lamentations des commères de Phalsbourg, habituées à gouverner leurs maris, et qui s'attendaient à les voir partir d'un jour à l'autre pour reprendre Sarrelouis et Landau.

Je me souviens qu'une après-midi toutes se réunirent chez Nicole et se mirent à délibérer sur ce qu'il fallait faire dans ces circonstances graves.

Le bocal de cerises à l'eau-de-vie et le cruchon de cassis étaient sur la table; chacune en prenait à son aise; elles avaient toutes le nez rouge, et cela ne les empêchait pas de se désoler.

« Maintenant, disait la mère Desjardins, tout est perdu, nos vieux ne veulent plus rien entendre de raisonnable. Le mien, qui se traîne d'une chaise à l'autre, tout criblé de vieilles blessures et de rhumatismes, se figure encore pouvoir doubler les étapes; il crie que le gouvernement lui fait tort, qu'il a droit à son grade au 87e comme en 1815; que ses quinze années passées depuis à la maison ne comptent pas; qu'au lieu d'avoir soixante-trois ans, il en a quinze de moins sur les cadres de l'armée, et que ce sont les cadres qu'il faut consulter au lieu du calendrier. Quand j'ouvre la bouche pour lui répondre, il crie : « Taisez-vous, madame! » Il tousse, il crache; les yeux lui sortent de la tête. Quel malheur! Nous étions si tranquilles depuis des années. Cet imbécile de Charles X avait bien besoin de se faire mettre à la porte, avec ses ordonnances!

— Oui, répondait Nicole, et Vidal m'écrit

File!... Et bien vite!... (Page 53.)

tous les huit jours d'aller le rejoindre avec Justine à Bayonne, d'où le 6e léger observe l'Espagne. Il veut me trimbaler encore, comme dans le temps, jusqu'à Madrid, ou bien m'embarquer avec lui sur un vaisseau, pour descendre en Angleterre. Mais je ne me presse pas; je n'ai pas envie de finir mes jours sur les pontons de Plymouth, ou d'avoir le cou coupé avec Justine, dans un défilé de la Catalogne ou de l'Estramadure. Qu'il m'écrive!... qu'il m'écrive!... Je ne bouge pas d'ici. Allons, videz vos verres, mesdames; encore une cerise, madame Desjardins.

— Volontiers, Nicole, volontiers.

— Justine... Lucien, venez ici! disait Nicole. Vous êtes bien sages, c'est bien... Tenez, prenez des macarons! Quand je re-

garde cette pauvre enfant, faisait-elle en embrassant Justine, de penser que son père est assez enragé pour vouloir l'exposer, avec sa malheureuse femme, à tous les hasards de la guerre, ça me retourne le cœur. »

Elle s'essuyait les yeux avec son tablier, puis prenait une bonne prise et nous disait :

« Allez vous rasseoir. Et ne crains rien, Justine, nous resterons ensemble à Phalsbourg. Ça vaudra mieux pour nous que de rouler notre bosse sur les grands chemins de l'Europe, depuis le Portugal jusqu'à Moscou ! »

Les autres semblaient attendries; elles serraient les lèvres en tricotant et restaient pensives.

« Ce qui me console un peu, reprenait

On les voyait blanchir leurs buffleteries. (Page 60.)

ensuite M<sup>me</sup> Richard, c'est que le mien a passé de la cavalerie légère dans les cuirassiers. Au lieu d'être à l'avant-garde, toujours en reconnaissance, ou bien à l'arrière-garde pour soutenir la retraite, il restera dans la réserve. Les cuirassiers ne donnent jamais qu'à la fin, pour enfoncer le dernier carré, et, pourvu que le cheval soit solide, qu'on lui fasse lever la tête pour se couvrir le ventre, c'est lui qui reçoit tous les coups; mon oncle Vézenaire m'a bien expliqué ça!

— Oh! faisait Annette Metzinger, la dame du colonel d'artillerie, un coup de mitraille vous balaye aussi bien des cuirassiers que des chasseurs et des hussards; ça fait des rues au milieu comme à Friedland.

— Hé! criait l'autre, je ne dis pas non;

mais, quand on arrive sur les pièces, on vous sabre drôlement les canonniers; ton Metzinger doit le savoir, il en a gardé les marques sur l'oreille et sur la tête! »

Elles se fâchaient, prenant parti pour leurs hommes, tout en gémissant de les voir repartir.

Mais Frentzel continuait à tricoter sans rien dire; on la regardait à chaque instant, comme pour demander son avis, et, toute pensive, elle gardait le silence.

Pourtant, à la fin, fourrant une de ses aiguilles à tricoter dans ses cheveux, elle prit la parole et dit :

« Depuis deux mois que je rêve à tout ça, je suis devenue bien tranquille. Louis-Philippe, Lafayette, Soult, Gérard, Mouton et tous les vainqueurs, les ministres, les députés, tous les marchands et fabricants n'ont pas plus envie d'aller reprendre Sarrelouis et Landau que moi de me faire arracher les dents. Ce sont des gens de bon sens; ils ont assez de grades, de pensions et de bénéfices; qu'est-ce qu'ils pourraient gagner de plus? D'avoir une patte emportée, d'être coupés en deux, ou de retourner en exil, si les Bourbons de la branche aînée, comme on dit, revenaient dans les fourgons de l'ennemi! — Pas si bêtes!... pas si bêtes!... Je les connais tous, même Louis-Philippe, car Florentin m'a raconté qu'à Jemmapes, le colonel des dragons de Chartres était toujours au quartier général de Dumouriez. Depuis, il a roulé le monde sans le sou. Louis XVIII lui a rendu toutes ses forêts, ses terres, ses châteaux, et lui a donné une grosse part du milliard des émigrés, pour payer les dettes de son père; et Charles X lui a octroyé le titre de prince royal. Maintenant les députés lui ont donné la couronne et un million à dépenser par mois!... Ne craignez rien, il ne va pas mettre sa fortune à la roulette; il tient à ses écus. — Et Soult, qu'on dit le premier manœuvrier du monde, à cause de sa bataille de Toulouse, j'ai vu ses fourgons, en Espagne, je les ai vus! Dieu du ciel! quand j'y pense, y en avait-il du butin!... y en avait il!... Ha!»

Elle levait les yeux au plafond, en soufflant dans ses joues, qui devenaient toutes rondes.

Et, comme on l'écoutait:

« Croyez-vous qu'un vieux renard comme Soult, reprit-elle, et boiteux par-dessus le marché, ait envie de reprendre la rive gauche?... Qu'est-ce que lui fait, à lui, la rive gauche? — Ah! s'il y avait des cathédrales où personne n'aurait passé depuis cinq cents ans, que des pèlerins pour faire leurs offrandes, je ne dis pas... mais toutes ces cathédrales de la rive gauche, nous les avons visitées; nos maraudeurs en ont passé la revue depuis le haut du clocher jusque dans les caves, dix fois, vingt fois; ils n'ont rien oublié dans les escaliers, excepté leurs défroques hors de service, et Soult, qui a fait toutes les campagnes du Rhin, le sait mieux que personne! — Il a déjà reçu sa part du gâteau de Louis-Philippe, je vous en réponds, et des fournitures, des pensions, des arriérés, qu'est-ce que je sais? pour se tenir tranquille. »

Frentzel respira.

Les autres l'écoutaient avec admiration,

car elle avait plus d'idées que toute la société ensemble, et, quand elle ouvrait son sac, personne n'osait la troubler.

« Oui, reprit-elle, et Gérard, qu'on va nommer maréchal; George Mouton, que tous les journaux veulent pour remplacer Lafayette à la tête de la garde nationale de Paris, avec des appointements, des frais de bureaux, des chevaux nourris aux frais de l'État, et tout le reste!... Allez donc croire qu'ils iront tout risquer! — C'est bon pour nos vieux innocents, qui n'ont jamais attrapé que des coups et quelques petits rogatons de dessous la table. — Oui, ceux-là veulent faire la guerre! et mon pauvre Florentin sacrifierait tout, pour avoir l'honneur d'être haché en morceaux à Sarrelouis, après avoir vu les Prussiens en déroute. Ça ne lui ferait rien d'être estropié et de revenir pauvre comme Job!... Que voulez-vous? On trouve des originaux comme ça, mais pas beaucoup, pas autant qu'on pense. J'ai le bonheur d'en avoir un... Que la volonté du bon Dieu soit faite! »

Elle baissa les yeux pour se remettre à tricoter.

« Mais, dit alors Mᵐᵉ Desjardins, si l'on ne doit rien faire, pourquoi cette garde nationale? Pourquoi ces exercices?... Pourquoi? »

— Hé! s'écria Frentzel, il faut bien amuser nos vieux, il faut bien leur donner la comédie de la guerre; sans cela ils crieraient trop fort, ils crieraient à la trahison: ils réclameraient leur duc de Reichstadt, ils embarrasseraient le gouvernement vis-à-vis de l'étranger; le peuple, qui n'a rien gagné à cette révolution, tiendrait avec eux... Vous ne comprenez pas ça?... On les amuse!... »

Justine, auprès de moi, comprenait très bien; elle me faisait signe de temps en temps d'écouter, et puis elle souriait avec malice et semblait dire:

« Tu entends!... Tu entends!... »

Moi, je ne comprenais rien du tout.

Françoise venait de renfoncer son aiguille à tricoter dans son chignon, derrière l'oreille, et disait:

« Ah! si Napoléon était revenu, comme en 1814, ces gardes nationales et ces distributions de drapeaux voudraient dire autre chose... Tout serait à recommencer... Ce serait encore une fois l'extermination générale. — Mais, d'abord, il aurait mis tous les vieux de côté et nommé des jeunes à leur place, car il n'était pas bête. Les jeunes risquent tout pour avancer; les vieux, après le premier coup de collier, tirent la langue, ils sont rouillés, poussifs, et puis ils n'ont plus rien à gagner ! — Il n'aurait voulu que des jeunes, et l'on aurait marché ! — Mais Louis-Philippe, soyez-en sûres, n'a qu'une crainte, c'est que les autres rois ne veuillent pas de lui sur le trône ; pour rester sur le trône de son cousin, il laissera les Allemands digérer tranquillement Landau et Sarrelouis. — Il ne craint qu'une nouvelle révolution du peuple, qui pourrait le renverser, et c'est une grande chance pour lui que Charles X, avant de partir, ait pris Alger.

« On enverra là-bas les bons sujets qui veulent se battre, les vainqueurs de Juillet, les criards ; on les engagera, et puis ils feront la guerre aux Arabes ; ça débarrassera le pays. — Et seulement, si les autres rois nous déclarent la guerre, on les fera revenir.

« Croyez-vous donc qu'après avoir roulé le monde et avoir vu George Mouton, Gérard, Vandamme et des centaines d'autres, anciens camarades de Florentin au temps de la République, venir nous souhaiter le bonjour en passant, dans tous les coins de l'Europe, je ne connaisse pas ces gens-là aussi bien que mon mari, et que je ne sache pas ce qu'ils pensent et ce qu'ils veulent ?

« Maintenant ils veulent garder ce qu'ils ont happé. Et les Prussiens aussi veulent garder Sarrelouis, les Bavarois veulent garder Landau, le roi de Hollande veut garder la Belgique ! Quand on a mangé de bons morceaux, on veut avoir le temps de les digérer, c'est tout naturel, pour en avaler d'autres plus tard, quand l'appétit reviendra. Voilà pourquoi nous n'aurons pas la guerre. — Nicole, passez-moi le bocal !

— Le voici, Françoise.

— Je crois que vous avez raison, Frentzel, dit la mère Desjardins.

— Si j'ai raison ! fit-elle en prenant une cerise et se tortillant la bouche pour sortir le noyau, je crois bien que j'ai raison ! Tout ce que je demande, c'est que Florentin ne se fasse pas casser les os par les voleurs de bois de Hüldehouse ; quant aux autres, ils ne bougeront pas. — Louis-Philippe n'a pas envie de monter à cheval, il est trop bien dans le lit à baldaquin de son cousin Charles X ; et les gros bonnets, les épaulettes à graines d'épinard, ne demandent qu'à s'allonger dans leurs fauteuils, en touchant des cent et des mille, pour se frotter les mains et se caresser le ventre. »

Les commères l'écoutaient encore quand elle se leva.

« Voici six heures, dit-elle, la garde nationale va bientôt rentrer ; dépêchons-nous, Lucien, d'aller préparer le souper. A force de jacasser, nous avons oublié que Florentin se croit déjà en campagne et qu'il n'aime plus attendre. — Bonsoir, mesdames !

— Quand reviendrez-vous, Frentzel ? s'écria Nicole.

— Jeudi prochain ; il y aura manœuvre et grande revue au champ de Mars ; nos vieux seront là-bas ! »

Et nous sortîmes.


XVII


Enfin la grande nouvelle de la distribution des drapeaux arriva.

C'était un lundi du mois d'octobre. La distribution devait avoir lieu le dimanche suivant à Sarrebourg, notre chef-lieu de sous-préfecture, et le préfet devait présider lui-même à cette solennité.

Toute notre petite ville fut remplie de joie ; on ne s'abordait plus qu'en se demandant :

« Vous savez, les drapeaux se distribuent dimanche prochain ; nous allons donc revoir les trois couleurs flotter à la tête de nos bataillons ! »

Quelques-uns parlaient même de reconstituer les anciennes demi-brigades, qui nous avaient donné la victoire.

Qu'on s'imagine la satisfaction de mon ami Florentin ! Il semblait avoir grandi de six pouces et se dressait comme un vieux coq sur ses ergots pour lancer son cri de triomphe.

« A la bonne heure ! disait-il ; à la bonne heure ! Maintenant tout va bien, la campagne ne peut plus tarder à s'ouvrir... Vive la France ! »

Frentzel souriait et lui répondit.

« Oui, Florentin, oui, nous allons passer les lignes de Wissembourg et marcher sur Landau, c'est sûr... ça ne peut pas manquer ! »

Florentin ordonna, le jour même, une revue générale au champ de Mars : alors tout le monde avait l'uniforme, on s'était cotisé pour habiller les plus pauvres.

J'assiste à cette revue : les tambours font le roulement, tout le bataillon est en ligne, l'arme au bras ; Florentin, au milieu de son état-major, se promène devant, il examine, il inspecte la tenue, l'alignement, la position des bras, des pieds, la hauteur de la main ; il est content, ses yeux brillent. Il fait marcher ensuite le bataillon en colonne par compagnie, à distance de déploiement. Il commande, sa voix monte et s'étend au loin : elle va jusque sur la place d'Armes, par-dessus les demi-lunes et les remparts, comme celle de Vandamme, la plus belle voix de la grande armée.

Enfin il est satisfait, et dit à ses officiers en riant :

« Ma foi, ils manœuvrent aussi bien qu'un bataillon du 101ᵉ ! »

C'était le plus grand éloge qu'il pût faire de notre garde nationale.

« Oui, reprit le brave homme, en montrant l'alignement parfait de la première compagnie au port d'armes, voyez... un boulet passerait, qu'il enlèverait le bras de toute la première file, comme je l'ai vu à Dantzig ! »

Cela lui paraissait merveilleux.

Après cette revue, comme nous rentrions en ville, je m'approchai de mon ami, et, me rappelant ma triste équipée de Hüldehouse, timidement je lui demandai :

« N'est-ce pas, mon ami, j'oserai te suivre à Sarrebourg, pour voir la distribution des drapeaux ? »

Il me regarda et répondit :

« Oui, tu la verras, ne crains rien... Il faut que tu voies cela, mon ami, car la distribution des drapeaux, c'est la distribution de l'honneur et du courage aux enfants de la France. »

Et, dès qu'on eut rompu les rangs sur la place d'Armes, il me prit par la main et me conduisit à la maison, où mon père venait d'entrer devant nous, le fusil sur l'épaule.

« Monsieur Pélerin, lui dit-il, je viens vous demander quelque chose que vous ne pourrez pas me refuser.

— Quoi, mon commandant ?

— C'est que cet enfant voie la distribution des drapeaux. Vous le savez, monsieur Pélerin, le drapeau, c'est la France, c'est la gloire du pays et de l'armée, c'est ce qu'il y a de plus grand au monde. Là où est son drapeau est aussi le cœur de la patrie ; et quand la nation vous dit : « Tiens, je te « confie mon honneur, ma gloire... Tu le dé- « fendras jusqu'à la mort !... » cela vous élève l'âme, monsieur Pélerin, et il est bon qu'un enfant voie cela ; c'est la plus grande, la plus belle leçon qu'on puisse lui donner ! »

Florentin, en prononçant ces paroles, était vraiment beau ; on voyait que chaque mot lui sortait des entrailles, et qu'il aurait donné mille fois sa vie pour sauver le drapeau.

Mon père lui-même en était ému.

« Certainement, mon commandant, lui dit-il, que Lucien doit aller voir cette cérémonie, je le veux comme vous ; et je veux aussi qu'il se souvienne jusqu'au dernier soupir des nobles paroles que vous venez de prononcer, car c'est la vérité : celui qui n'aime pas son drapeau n'aime pas sa patrie, ni sa famille, ni son propre honneur ; c'est un lâche et un traître. »

Alors il m'embrassa et dit à la mère qui nous écoutait :

« Dimanche, de bon matin, tu mettras à Lucien ses plus beaux habits ; nous partirons ensemble, je serai là. Et nous reviendrons avec le drapeau de Phalsbourg. »

Cela dit, Florentin m'emmena par la main pour aller dîner avec lui. J'étais le plus heureux enfant du monde.

« Te voilà content ! me disait-il.

— Oui, mon ami, bien content ; et je ferai tout ce que tu diras, je serai toujours obéissant. »

Il paraissait ému de ma joie, en sentant ma petite main frémir dans la sienne.

A la maison tout se passa comme à l'ordinaire. Frentzel, en apprenant que j'irais à Sarrebourg, demanda si mes parents y consentaient.

« Oui, dit Florentin, c'est convenu. »

Depuis ce moment, je comptai les heures et les minutes jusqu'à l'instant du départ.

Tous les Phalsbourgeois étaient d'ailleurs dans le même enthousiasme ; dans toutes les rues, le long des fenêtres et sur les portes, on les voyait blanchir à neuf leurs buffleteries et fourbir les armes. Il y avait dispense de l'exercice pour les jours suivants, chacun étant au fait de son école de peloton.

C'est avec raison qu'on a dit qu'il suffit de trois mois bien employés pour faire d'un Français un soldat ; mais la guerre seule développe à fond les qualités militaires, c'est la grande école.

Un grand nombre de mes camarades et toutes les dames d'officiers devant se rendre à Sarrebourg, toutes les voitures de la ville et des environs étaient retenues : des chars à bancs, et surtout de ces longues voitures d'Alsace à longues échelles, où quelques bottes de paille fraîche forment des sièges excellents et qu'on trouve les jours de fête aussi doux que des banquettes à double ressort. Nous en avions une de celles-là, pour Frentzel, la mère Desjardins, Nicole, Justine et moi.

Quel beau moment, le matin, lorsqu'on me mit mes habits des dimanches, mes souliers neufs et que je me dis :

« C'est pour aujourd'hui !... Dans une heure nous partons !... »

Le ciel lui-même semblait favoriser la fête. On était en automne, après les récoltes ; des masses de paysans allaient comme nous à Sarrebourg. Le ciel brillait, les arbres et les haies avaient revêtu leurs belles teintes de rouille : pas un souffle dans l'air, quelques légers nuages blancs voguant dans l'immensité.

Enfin le rappel bat, les hommes passent en grande tenue ; mon père sort à son tour, en disant :

« A ce soir ! »

Il allonge le pas vers la place d'Armes.

Puis arrive la grande voiture de Mâcri, où nous montons. Mâcri, le dos rond sous sa blouse, le grand chapeau rabattu le long des reins, assis sur le devant, le fouet à la main, attend les retardataires. Déjà nous avons pris notre place, Justine et moi, entre Françoise et Nicole. M^me Desjardins et sa nièce Lucie, qu'on attendait, arrivent... On rit... on s'établit.

Et voilà que les tambours battent la marche, la garde nationale se met en route, nous la voyons défiler vers la porte de France, et notre voiture la suit de loin au pas ; d'autres nous précédaient.

Justine et moi, pressés l'un contre l'autre, nous regardions se suivre les vergers, les petits villages de Mittelbronn, de Saint-Jean, etc. ; les gens, sur leurs portes, nous saluer ; et puis les coqs, les régiments de poules, les chiens aboyant à la chaîne, les vieilles masures lorraines à fenêtres carrées et toitures plates, les hangars, les grands puits à margelle, surmontés de leurs longues poutres à bascule, où pendent la corde et les seaux... que sais-je ?...

Étant rarement sortis de chez nous, tout nous était nouveau, extraordinaire... Et devant nous, à demi-portée de fusil, marchait le bataillon. Mon ami Florentin et les officiers scintillaient au soleil avec leurs épaulettes ; les tambours, la caisse sur le dos, trottaient. Tout cela marchait en bon ordre, comme un bataillon de vieilles troupes.

Et tout à coup au loin s'élève le *Chant du départ* :

La victoire, en chantant, nous ouvre la barrière...

Il s'étend sur les collines dépouillées de leurs récoltes.

Toutes ces impressions lointaines me sont restées, c'est un de mes plus beaux souvenirs.

Après quatre heures de marche, nous découvrîmes enfin Sarrebourg : une longue file de maisons à toiture rouge, entourées de vieux remparts croulants, au bas d'une côte ; le clocher rustique au fond, et plus loin la Sarre, qui se déroule à perte de vue sur la droite, entre les vieux saules et les meules de foin entassées sur ses rives.

Ah ! que l'on reconnaît bien à ces rivières les paysages de notre compatriote Claude Lorrain !... Comme il a dû les contempler et rêver sur leurs bords, pour les peindre avec tant de grandeur mélancolique et de vérité !... Comme ces flots tumultueux galopent sur les cailloux, en reflétant la lumière brisée, et puis se ralentissent sur les fonds de vase, en miroitant avec calme au soleil !... Comme tout cela, c'est bien notre cher pays de Lorraine, qu'on ose dire allemand !... Notre âme, nos souvenirs, les os de nos pères, n'en restent pas moins là-bas ; et si, ce qu'à Dieu ne plaise ! nous devons mourir sans le revoir... eh bien ! longtemps notre esprit s'y promènera pour maudire les envahisseurs et garder le souvenir de la patrie française.

A Sarrebourg, on nous attendait. Mille cris de : « Vive la garde nationale de Phalsbourg ! » nous accueillirent, partant de toutes les fenêtres. Nos tambours battaient avec ardeur, nos hommes emboîtaient le pas, notre voiture roulait derrière.

D'autres gardes nationales : celles de Lorquin, de Fénétrange, de Réchicourt-le-Château, étaient arrivées avant nous ; toutes les auberges en fourmillaient.

Sur la place, on crie : « Halte ! » On met les fusils en faisceaux, on place les sentinelles pour les garder, et les autorités viennent recevoir Florentin avec son état-major. On les conduit à l'hôtel de ville, où doit avoir lieu un grand banquet.

Nous autres, nous entrons à l'auberge de M^me Adler. Quel bruit !, quel tumulte dans la grande salle en bas !... que de gens entrent et sortent ! des paysans, des citadins, des gardes nationaux !

Représentez-vous une longue table étincelante de verres, de carafes, d'assiettes, de fleurs, et, à côté, la cuisine ouverte au large, où flamboie l'âtre, envoyant mille bonnes odeurs de gibier, de poisson, de rôtis jusque dans la rue, par chaudes bouffées ; les casseroles se remuent, le tourne-broche va son train... Quel coup d'œil !

M^me Adler était venue nous recevoir.

Nous entrâmes dans une chambre à part, où l'on se lava les mains, la figure.

Justine et moi, nous nous regardions émerveillés ; le bonheur était peint sur notre figure.

Mais comment vous raconter le dîner, qui commença vers onze heures et ne finit qu'au moment du roulement des tambours sur la place, à la distribution des drapeaux ? Comment vous représenter ces soupières ventrues, ces quartiers de viande, ces lièvres en civet, ces ramiers à la crapaudine, ces canards aux olives, ces poissons de la Sarre : brochets, carpes aux larges écailles, tanches dorées et bronzées nourries dans l'eau vive qui se précipite du Donon ? Comment surtout vous donner une idée des crèmes à la vanille, au chocolat, des gâteaux en forme de cathédrale, le coq gaulois en haut, et des fruits : poires, pêches, raisins, entassés en pyramides sur de larges plats festonnés ?... C'est impossible !...

M^me Adler passait avec raison pour l'une des meilleures cuisinières du pays. En a-t-elle régalé des générations de voyageurs et de bons propriétaires des environs, en route pour leurs affaires, durant soixante ans !... Et le bon vin de Toul !... de Thiaucourt !...

On ne se figurera jamais le nombre de plats auxquels peut goûter un enfant, — et surtout un enfant élevé sur le haut plateau de Phalsbourg, — sans en éprouver autre chose qu'une douce satisfaction. Justine et moi, nous n'en laissions passer aucun ; et ni Frentzel ni Nicole n'avaient la malheureuse idée de nous priver de quelque chose pour nous rendre la taille plus fine. Aussi nous étions ventrus et joufflus, et nous riions toujours.

Enfin, au roulement des tambours sur la place, tout le monde sortit.

Mâcri, qui mangeait à la cuisine, était déjà sur sa charrette ; il nous aida lui-même à monter ; puis, à travers la foule innombrable, nous arrivâmes jusque devant la sous-préfecture, et, sur notre voiture, comme du haut d'une tribune, nous vîmes distribuer les drapeaux à toutes les gardes nationales de l'arrondissement ; nous entendîmes les tambours battre à chaque remise de ce « noble insigne national », comme disait le préfet en habit bleu chamarré de broderies d'or ; nous entendîmes les discours des autorités ; mais, pour vous avouer la vérité, nous ne comprîmes pas grand'chose à ces harangues. C'était trop magnifique pour nous, et les quelques mots de Florentin et de mon père m'en avaient plus appris sur le drapeau de la France et les devoirs du soldat que toutes ces paroles solennelles.

Après cela, notre drapeau de Phalsbourg, surmonté d'un coq superbe, ayant été salué, fut remis au lieutenant Blanchet, chargé de sa garde ; et, la cérémonie étant terminée, on songea qu'il était temps de retourner chez nous, d'autant plus que les petits nuages du matin avaient fini par se réunir et qu'il commençait à pleuvoir.

Toutefois, avant de se remettre en route, on but encore quelques bons coups. Tout ce qui me revient de notre départ, c'est que j'avais grand sommeil, ainsi que Justine, et que les dames nous prirent sur leurs genoux.

Nous dormions depuis quatre heures, au roulement des pas, aux cahots de la voiture ; rien ne troublait notre profond repos, quand tout à coup un murmure étrange nous réveilla.

Notre charrette venait de s'arrêter. Je me dressai, la tête encore alourdie, et je regardai.

Le bataillon, en colonne de marche, l'arme au bras, stationnait devant l'avancée de Phalsbourg. La sentinelle du 18^e, au haut de la demi-lune, criait : « Qui vive ! » on lui répondait : « France !... Garde nationale de Phalsbourg ! » Un piquet du poste de la porte de France s'avançait pour nous reconnaître, et, dans ce moment, d'un bout à l'autre de notre colonne, tout le monde demandait :

« Le drapeau ?... Le drapeau ?... Où est le drapeau ?... »

Ce n'était qu'une rumeur sur toute la ligne. Et comme la sentinelle criait :

« Quand il vous plaira. »

Florentin, furieux, accourait derrière la colonne, criant de sa voix vibrante :

« Que le drapeau s'avance, mille tonnerres !... »

Alors, le capitaine Ader, sortant des rangs, lui répondit à deux pas de notre voiture :

« Le porte-drapeau Blanchet et plusieurs hommes de la compagnie sont restés en arrière ; depuis deux heures le drapeau n'a pas paru au bataillon.

— Ce sont donc des traîtres, capitaine !

— Non, mon commandant, ils se seront arrêtés dans quelque cabaret en chemin, ils auront tout oublié pour boire : Blanchet est un ivrogne ! »

Florentin frémit, et, lançant un regard terrible au capitaine :

« Pourquoi ne m'avez-vous pas prévenu? dit-il, les dents serrées.

— Je pensais qu'ils rejoindraient avant notre arrivée à Phalsbourg, dit Ader, je ne pouvais pas croire à tant de honte !

— Malheureux ! s'écria Florentin ; et son épée, jaillissant du fourreau, s'appuya sur la poitrine du capitaine, qui pâlit, mais resta ferme.

— Commandant, fit-il en se redressant, je suis un vieux soldat de la grande armée ! »

A ces mots, Florentin, repoussant son épée dans le fourreau d'un geste sauvage et lançant un regard farouche sur la route, bégaya, la main en l'air :

« Ah ! les misérables ! Et dire que je ne leur passerai pas mon épée dans le ventre ! »

Sa figure était effrayante : les moustaches hérissées, l'œil sanglant.

Il voyait tout son travail, toutes ses espérances perdues, il voyait, — au lieu de son entrée triomphale, les trois couleurs déployées, — le défilé de la colonne, la tête basse, devant le poste de la porte présentant les armes et battant aux champs pour saluer un drapeau resté sur une table d'auberge au milieu de quelques ivrognes ; il voyait, en ville, le sourire des envieux et des lâches... et, chose plus terrible encore, la douleur des braves, à la vue du bataillon rentrant comme une troupe vaincue, déshonorée, qui a laissé son étendard aux mains de l'ennemi !

Son cœur se retournait, et, regardant en arrière, d'une voix épouvantable, il cria :

« Rompez les rangs ! »

Car il voulait sauver à la garde nationale la honte de rentrer sans les trois couleurs en tête ; il aimait mieux voir tout s'en aller à la débandade.

Les rangs se rompirent, et les gardes nationaux, par trois, par cinq, par six, le fusil à volonté, allongeant le pas, traversèrent la porte en désordre ; et Florentin derrière, assistant à cette débâcle, s'en alla le dernier, comme un général qui suit la déroute de son armée, la mort dans l'âme.

Frentzel et nous tous, ayant vu ces choses, nous en étions consternés ; notre voiture se traînait lentement derrière la colonne.

Nous ne comprenions pourtant pas encore l'affreux malheur qui devait arriver ; Frentzel disait seulement :

« Mon Dieu, que Florentin doit être malheureux !... Oh ! les gueux !... Rester en arrière avec le drapeau ! Si c'était devant l'ennemi, on les fusillerait tous jusqu'au dernier ! »

Et Nicole, indignée, disait :

« Oui, ce sont de fameuses canailles... des ivrognes !... »

C'est ainsi que nous passâmes sur le pont.

En ville, devant notre boutique, nous descendîmes de voiture.

Mon père était là, appuyé sur son fusil, les yeux étincelants, les mâchoires serrées.

« Si je voyais ce Blanchet revenir, disait-il, je ferais feu sur lui comme sur un Prussien ! »

Le souvenir de son départ, comme volontaire, en 1797, le drapeau national en avant, lui faisait sentir l'horreur d'un pareil crime.

Que voulez-vous ! on ne devrait jamais laisser des ivrognes dans un poste d'honneur ; on devrait savoir qu'ils sont capables de toutes les ignominies.

Enfin, étant descendus, Frentzel et moi, nous courûmes à la maison ; et, comme nous arrivions, Florentin jetait son shako et son épée sur la table, il s'arrachait les épaulettes et la croix, sans dire un mot ; il entrait dans l'alcôve sombre et s'étendait tout habillé sur son lit.

« Florentin, criait Françoise d'une voix désolée, tu ne me parles pas !... »

Il n'entendait rien.

« Florentin, au nom du ciel, réponds-moi ! »

Il gardait le silence.

Alors, moi, fondant en larmes, je lui criai :

« Mon ami !... mon ami !... répondsnous ! ...

— Allez-vous-en ! dit-il... Allez-vous-en !... »

Et comme je sanglotais plus fort :

« Va-t'en, mon ami, fit-il ; va-t'en... Tu me déchires le cœur ! »

Françoise courut dehors chercher du secours, je la suivis, et Florentin resta seul, perdu dans sa douleur horrible : le drapeau pour lui, c'était l'honneur, il se croyait déshonoré !

Mais que les enfants sont heureux ! Ils ne comprennent pas encore ces grandes douleurs de la vie, ces désespoirs qui tuent plus sûrement que le poignard ; ils pleurent et tout de suite se consolent ! C'est à l'homme seul qu'est réservée cette épreuve suprême de la souffrance morale, qui vous montre la ruine de vos espérances et la honte pour tout avenir ; l'enfant ne supporterait pas ce spec-

Il s'arrachait les épaulettes et la croix. (Page 63.)

tacle une seconde et tomberait foudroyé...
A chacun son fardeau, selon ses forces, il
est bien assez lourd pour nous tous... Ainsi
l'a voulu l'Éternel !

Quelques bonnes gens, me voyant sangloter sur la porte, m'emmenèrent chez nous ;
et, comme j'étais accablé de fatigue, on me
coucha et je m'endormis aussitôt.

Le lendemain, il pleuvait à verse; en
m'éveillant je vis l'ondée couler à flot sur
nos vitres. Excepté ce grand murmure de
l'eau qui tombe, pas un bruit ne s'entendait
au loin.

Je m'habillais, me rappelant à peine ce
qui était arrivé la veille, lorsque deux personnes passèrent en courant devant nos fenêtres : c'était le médecin militaire, M. Billard, et celui de la ville, M. Poirot, et, tout
enfant que j'étais, l'idée me vint qu'ils allaient chez un malade.

Quelques instants après, Rose entra et me
dit :

« Ton pauvre ami Florentin est bien mal. »

Alors tout me revint, et je sortis, malgré
la pluie, pour courir chez mon ami.

La petite chambre, où nous avions passé
tant d'heureux instants, était pleine de gens
qui se regardaient en silence. Frentzel, assise
dans le fauteuil, la figure dans son tablier,
ne bougeait pas; les deux médecins seuls se
trouvaient dans l'alcôve, et l'on entendait
Florentin respirer profondément.

Les médecins lui parlaient, il ne leur répondait pas.

Ainsi mourut Sébastien Florentin. (Page 66.)

Mon père, qui se tenait près de la fenêtre, me prenant par la main, me conduisit dans l'alcôve et dit à l'oreille du médecin-major :

« Voici l'enfant qu'il aime... peut-être l'entendra-t-il. »

Alors on me dressa sur une chaise, et je vis devant moi Florentin, grand, — il me parut plus grand que je ne l'avais jamais vu ! — Et sa figure pâle, ses moustaches grises, les quelques cheveux blancs qui lui restaient avaient quelque chose de si triste, que je me pris à sangloter, en l'appelant :

« Mon ami !... »

Il ouvrit lentement ses yeux et me regarda, mais aucun trait de sa longue figure ne bougea ; pourtant il semblait me reconnaître, et sa main, s'élevant de la couverture, s'étendit vers moi. Tous les autres, penchés à l'entrée de l'alcôve, murmuraient :

« Il l'a reconnu !... »

Le médecin-major Billard dit :

« Oui, il l'a reconnu... mais il est bien bas ! »

Dans ce moment, un bruit s'éleva dehors, dans la petite allée, et l'on se demandait :

« Qu'est-ce que c'est ? »

Quelqu'un alla voir et vint dire que le capitaine Ader et le tambour-maître Padoue rapportaient le drapeau ; ils étaient partis la veille au soir à sa recherche ; et le capitaine Ader, trempé de pluie, l'épée au côté, l'air farouche et le drapeau dans son étui à la main, entra en disant :

« Le misérable a reçu son compte... Il est

là-bas dans l'herbe, derrière l'auberge de la Maladrie; il ne déshonorera plus les braves gens, l'ivrogne! »

On comprit qu'un duel avait eu lieu et que Blanchet avait été tué.

Mais, comme Ader s'avançait vers l'alcôve, Françoise, se levant précipitamment, dit :

« Non!... non!... n'entrez pas... C'est Lucien qui doit lui présenter le drapeau... Votre vue le tuerait, monsieur Ader. »

Elle fondait en larmes, et tous les assistants comprirent qu'elle avait raison. On tira donc le drapeau de son étui et l'on me dit de le tenir, puis d'appeler Florentin, ce que je fis en criant :

« Mon ami!... mon ami!... tiens, voici ton drapeau! »

Et, pour la seconde fois, il ouvrit les yeux, me regardant d'abord, puis le drapeau du haut en bas; un éclair illumina son front, sa main se leva, et je couchai le drapeau près du vieillard, contre son épaule. Alors, hexalant un long soupir, il parut s'apaiser; ses traits rigides se détendirent, une sorte de sourire entr'ouvrit ses lèvres, une grande pâleur couvrit sa face... il cessa de respirer... Son bras gauche s'était replié, serrant le drapeau sur son cœur... Je croyais qu'il dormait.

Ainsi mourut Sébastien Florentin, le 15 octobre 1830.

Et tout ce jour-là, jusqu'au soir, ses nombreux amis de Phalsbourg, les gardes nationaux qui l'avaient nommé à l'unanimité, défilèrent dans son alcôve et le regardèrent.

Il était grand et beau, avec son drapeau tricolore dont les plis l'enveloppaient; il semblait être redevenu jeune et défendre le sol de la patrie, comme à Valmy, à Jemmapes, à Fleurus.

Bien des années se sont passées depuis la mort du vieux soldat, et la grande cérémonie funèbre qui suivit reste présente à ma mémoire.

C'était une de ces journées d'automne encore chaudes, mais brumeuses, qui suivent les orages. Les arbres se voient comme des ombres au milieu du brouillard. Dans ce temps aussi, les oiseaux ayant fini depuis longtemps de nicher, les hirondelles étant parties, tout est silencieux.

Toute la ville et les environs suivaient le cercueil de mon ami, où reposaient sa croix et son épée. Les tambours, couverts d'un crêpe, battaient sourdement et s'interrompaient de seconde en seconde comme par un sanglot. La garde nationale entière, une compagnie du 18e en tête, accompagnait le convoi funèbre, les fusils renversés sous le bras. Puis venaient les honnêtes bourgeois, les bonnes femmes suivant à perte de vue; le cortège se prolongeait de la ville jusqu'au cimetière.

Nicole et Françoise marchaient devant nous, tout en larmes; Justine me tenait par la main. Nous n'étions pas encore entrés au cimetière, nous n'avions jamais passé près de ces tombes, de ces croix, sous les vieux saules, dont les feuilles se détachaient au souffle de l'automne et voltigeaient autour de nous, et nous n'avions pas encore regardé la fosse ouverte, entourée de terre fraîchement remuée, où des os et des têtes apparaissaient confondus avec la glèbe.

Cette vue, je dois le dire, me fit horreur. Et quand le cercueil de mon ami glissa sur les cordes, au fond du grand trou noir; quand les soldats s'approchèrent un à un, la crosse du fusil à l'épaule, pour tirer dans le gouffre; quand les sanglots éclatèrent de tous ces côtés au milieu de la foule, je fus sur le point de défaillir.

Ah! si quelque chose avait pu réveiller Florentin, c'était bien cette fusillade qu'il avait entendue sur tous les champs de bataille depuis 92, et qu'il espérait encore entendre à Sarrelouis, la vieille terre française qu'on nous avait arrachée après nos désastres!... Oui!... Mais c'était fini... son souvenir seul restait debout devant moi.

En revenant de là, parmi la foule dispersée, les femmes désolées, je crois sentir encore la petite main de Justine me passer sur la figure pour essuyer mes larmes, et je l'entends murmurer :

« Ne pleure pas comme cela, Lucien... Il t'aime toujours!... ma mère m'a dit que tous les braves gens reviennent et qu'ils sont là-haut qui nous regardent. »

Ainsi finirent les beaux jours de mon enfance : dans la désolation! Et bientôt allaient commencer les rudes épreuves de l'école, du travail et des illusions perdues, auxquelles nous sommes tous destinés.

Heureux ceux qui les supportent avec courage et qui peuvent se dire :

« J'ai toujours fait mon devoir! »

C'est la plus grande consolation de l'honnête homme à sa dernière heure.

FIN DES VIEUX DE LA VIEILLE

# LOÏS

## HISTOIRE D'UNE PETITE BOHÉMIENNE

### I

C'est en 1856 que j'acceptai la place d'organiste à Sainte-Suzanne, me dit mon digne et vénéré maître de musique, M. Chapuis, mais la belle vie de Paris, les théâtres, les concerts, toute cette joyeuse existence où l'on n'a pas le temps de s'ennuyer une fois en dix ans, me trotta longtemps dans la tête.

Je ne pouvais me faire aux commérages de ces gens, qui ne s'inquiétaient que du prix des œufs sur le marché, de la prochaine ouverture de la chasse, ou d'autres questions de la même importance.

Que de fois, en écoutant mes élèves taper sur le piano, sans goût et sans mesure, ne me suis-je pas écrié au fond de mon âme :
« Oh ! mon pauvre Chapuis, quelle malheureuse idée tu as eue de venir t'enterrer en province ! Il aurait mieux valu pour toi t'engager comme clarinette dans un café-concert ! »

Mais c'était fait, et ma sœur Rosalie, que vous connaissez, étant venue me rejoindre à la mort de son mari, pour gouverner mon petit ménage, insensiblement je finis par m'encroûter dans de nouvelles habitudes. Je n'avais plus à m'inquiéter de rien, que de m'asseoir à table quand le couvert était mis et de m'étendre dans mes draps blancs pour dormir. Ma sœur avait les clefs de la maison, elle veillait à tout. Je ne crois pas avoir rencontré de meilleure femme ; c'est à son économie que je dois d'avoir pu m'acheter cette petite maison et d'avoir mis quelques rentes de côté.

Le seul homme avec lequel je pouvais causer d'art, ce qui du reste arrivait assez rarement, c'était M. le curé Miguel.

Représentez-vous un grand vieillard sec, brun de peau, les yeux gris, le front large, la tête blanche comme un cygne ; il avait un accent légèrement étranger ; la discrétion m'empêchait de lui demander s'il n'était pas d'origine espagnole, mais je le pensais.

Plusieurs fois, soit à l'église, soit au presbytère, où j'allais m'informer du service des orgues, du choix des morceaux, qu'il m'indiquait lui-même, plusieurs fois nous avions causé de musique et je m'étais aperçu qu'il s'y connaissait à fond ; il avait même sur les grands maîtres de la musique religieuse des façons de voir qui m'étonnaient par leur justesse et qui m'ouvraient de nouvelles idées ; il jouissait aussi d'une voix de basse qu'il conduisait supérieurement, en chantant la messe.

Enfin, avec cet homme, on pouvait causer d'art ; malheureusement, cela n'arrivait pas souvent ; M. le curé Miguel, n'étant pas grand discoureur, ne montrait sa science que par occasion et ne donnait son opinion sur un morceau qu'après avoir entendu celle des autres, encore pas toujours, quand cela lui convenait.

Outre les bons moments que je passais de loin en loin à m'entretenir avec cet homme, j'avais le plaisir de me promener aux environs de Sainte-Suzanne, qui sont fort beaux ; j'en profitais tous les jours pendant la belle saison, et quelquefois même en hiver, quand le froid était sec et que la terre durcie vous permettait de sortir sans trop s'enfoncer dans la boue.

Or, dès les premiers temps de mon arrivée, en sortant par la porte des Vosges, j'avais remarqué une vieille femme et une petite fille assises sur la rampe de l'avancée, une sébile à la main.

La vieille était aveugle et l'enfant la conduisait là tous les matins pour implorer la charité des passants.

Il me semble encore les voir ; la vieille, toute triste, ne parlait jamais ; elle était extrêmement vieille, mais encore droite ; une sorte de simplicité digne et grave vous avertissait que ce n'était pas là une mendiante de profession, mais un être brave, bon et courageux, qui, après avoir travaillé jusqu'au bout, se trouvait à la fin réduit à implorer l'assistance de ses semblables.

La petite fille était brune, hâlée, vêtue d'une pauvre robe rapiécée.

On ne pouvait s'empêcher d'admirer ses magnifiques cheveux noirs, tombant épars sur ses épaules ; ses petites mains, ses petits pieds d'une perfection de forme admirable, et surtout ses yeux superbes annonçant la pensée et le sentiment.

C'est elle qui vous présentait la sébile, et chaque fois j'y déposais mon aumône, en me disant :

« Que cette enfant sera belle dans quelques années, et quel malheur de prévoir que cette beauté si frappante, si remarquable, qui serait pour des gens riches, ou simplement aisés, un sujet d'orgueil, de satisfaction et d'espérance, deviendra peut-être, pour la pauvre enfant, dans la triste position où elle est, la cause de sa perte. »

Cette pensée mélancolique se présentait toujours à mon esprit ; puis, continuant ma promenade aux environs, mes idées prenaient un autre cours.

Les choses en étaient là quand arriva l'automne de 1860, et tous les soirs, après mes leçons, j'allais faire un tour au bois de chênes, qui n'est pas loin de la ville.

Rien ne me plaît autant que cette belle teinte de rouille qui s'étend sur les forêts aux approches de l'hiver ; je ne sais quel sentiment de tristesse solennelle vous envahit le cœur, quand vous marchez seul sous les grands rameaux à moitié dépouillés, sans qu'un bruit autre que celui de vos pieds poussant les feuilles sonores, vienne interrompre votre rêverie.

Le travail des champs est fini, les campagnards sont retirés chez eux ; à peine de loin en loin un pauvre homme en gros sabots et camisole de laine déchirée aux coudes, son fagot sur l'épaule, passe silencieux auprès de vous pour regagner son village.

C'est triste, mais c'est grand comme tout ce qui vous aide à penser, à réfléchir sur soi-même et sur la fin des choses en ce monde.

Et comme un soir, vers cinq heures, je prenais le chemin de ma promenade habituelle, une voix lointaine, qui chantait, attira mon attention au sortir de la ville ; cette voix était si pure, si haute et si touchante, que je m'arrêtai sur le pont pour l'écouter.

La sentinelle allait et venait, le percepteur de l'octroi, Barbazan, balayait le devant de sa maisonnette, les paysans, après le marché, retournaient par bandes à leurs villages, hâtant le pas, car la saison était déjà froide ; et la voix montait... montait avec une aisance, une grâce, une souplesse qui m'émerveillaient.

Enfin j'entrai dans le défilé de l'avancée, me demandant qui possédait une voix de cette puissance à Sainte-Suzanne, et qu'est-ce que j'aperçus ? la petite mendiante, seule, toute pâle et chétive, sa pauvre robe collée aux jambes et ses beaux cheveux agités par la bise.

Elle chantait de toute son âme, et les gens passaient sans même tourner la tête ; pas un sou, pas un liard ne tombait dans sa sébile.

« Te voilà seule, ma pauvre enfant, lui dis-je en m'arrêtant tout ému ; la grand'mère n'est donc pas venue avec toi, ce soir ?

— Elle est malade, monsieur, fit-elle d'un accent qui me retourna le cœur ; elle est malade ! c'est pour elle que je chante, ne me refusez pas, monsieur... c'est pour elle ! »

Je me sentis bouleversé, et prenant dans ma poche ce que j'y trouvai :

« Tiens, lui dis-je, va ! dépêche-toi d'acheter ce qu'il vous faut... mais ne chante plus ici, pauvre petite, il fait trop froid dehors maintenant pour chanter. Tu diras à ta grand'mère que j'irai la voir. »

Elle me regardait de ses grands yeux, et tout à coup, fondant en larmes, elle se prit à courir.

« Attends ! où demeurez-vous ? » lui criai-je.

Alors, se retournant, elle me répondit :

« Rue du Vieux-Rempart, monsieur ! Vous n'avez qu'à demander la grand'mère Sabine, tout le monde vous montrera.

— C'est bien... va. »

Elle repartit, et moi, renonçant à ma promenade, je rentrai en ville tout pensif.

Cette voix de soprano, vraiment splendide, que je venais de découvrir par le plus grand des hasards, était un événement dans ma vie. J'avais l'intention d'aller voir tout de suite la grand'mère Sabine, mais changeant d'idée en route, je me rendis au presbytère, chez M. le curé Miguel, pour lui faire part de cette découverte incroyable ; lui seul à Sainte-Suzanne pouvait en reconnaître toute l'importance.

Les grandes et belles voix de ténor pour l'homme et de soprano pour la femme sont si rares, que leur valeur, comme celle du diamant, est inappréciable. Tous les gouvernements en encouragent la recherche ; elles font en quelque sorte partie de la gloire d'un pays, en ajoutant au lustre de l'art. Mais tous ces encouragements ne servent à rien, la nature ne prodigue pas ses trésors, et le hasard quelquefois... un heureux hasard, en amène seul la découverte.

C'est ce que je me disais en arrivant au presbytère.

M. le curé Miguel, comme d'habitude, était dans sa bibliothèque, seul, assis en face de sa petite cheminée, ses pantoufles sur les chenets, tout rêveur, quand j'ouvris la porte.

Il fut étonné de me voir.

« C'est vous, monsieur Chapuis, me dit-il? Vous venez vous informer du service? Mais cette semaine, nous n'avons rien ; pas de baptême, pas de mariage, pas d'enterrement ; au moins jusqu'à présent rien n'est annoncé. Asseyez-vous.

— Ce n'est pas ce qui m'amène, monsieur le curé, lui répondis-je en m'asseyant ; c'est un événement qui ne peut manquer de vous intéresser ; je viens de découvrir à Sainte-Suzanne, une voix pure, de la plus grande ampleur, allant du *fa* deux (contralto) jusqu'au *mi* cinq (soprano), largement, et en plein.

— Trois octaves! fit-il en se retournant dans son fauteuil brusquement, pour me regarder en face. Mais il n'y a que la Mariani, et deux ou trois autres artistes hors ligne qui possèdent en Europe une voix pareille. En êtes-vous bien sûr, monsieur Chapuis?

— Monsieur le curé, lui répondis-je, comme violon à l'Opéra pendant dix ans, je me suis formé l'oreille, et je crois savoir mesurer l'étendue d'une voix au juste, rien qu'en l'écoutant ; je ne me trompe pas!

— Ah! dit-il, celle qui possède cette voix aura bien des jouissances d'amour-propre, bien des plaisirs mondains, bien des heures enivrantes ; c'est ce qu'on appelle une prédestinée de la gloire... Est-ce une de vos élèves?

— C'est une pauvre petite fille, une petite mendiante qui conduit chaque jour sa grand'-mère aveugle à la porte des Vosges pour implorer la charité publique. »

M. le curé me regardait, il était devenu grave, et je lui racontai ce qui venait de se passer.

« Je sais de qui vous voulez parler, fit-il, les yeux fixés sur le feu qui se ranimait dans sa petite cheminée ; la bonne vieille est une de mes plus anciennes connaissances à Sainte-Suzanne, une pauvre cardeuse de laine, nommée Françoise Sabine. C'est une brave femme ; elle demeure rue du Vieux-Rempart. La petite fille est une enfant abandonnée par des bohémiens pendant le rude hiver de 1852 ; elle avait quatre ans alors, elle en a donc aujourd'hui douze.

« On ne savait qu'en faire, et la pauvre Françoise tira notre municipalité d'un grand embarras, en recueillant chez elle le pauvre petit être.

« Ce grand acte de charité ne s'est pas effacé de ma mémoire. »

Ainsi parlait le digne homme, avec attendrissement. — Puis se retournant vers moi :

« Eh bien, fit-il en souriant, je souhaite que la bonne nouvelle se confirme ; j'en serai vraiment heureux. Nous irons voir cela demain après la messe. »

Il me serrait les mains et voulait m'accompagner dans le vestibule, mais je le priai de rester au coin de son feu, car la nuit venait, l'air était humide, et je regagnai mon logis, en traversant la grande place des Ormes, perdu dans mes réflexions.

Le lendemain, après la messe basse, vers neuf heures, M. le curé Miguel et moi nous prenions le chemin de la ruelle du Vieux-Rempart, l'une des plus retirées de la ville, près de l'ancien pavillon du génie abandonné depuis 1814.

Elle ne comptait que cinq ou six vieilles maisons basses et décrépites ; la dernière était celle de Françoise Sabine.

Arrivés devant l'antique masure, M. le curé, entrant dans l'allée, frappa doucement à la porte.

Une voix nous dit d'entrer ; ce qu'ayant fait, nous vîmes la vieille aveugle assise dans son lit, les yeux fermés, les longues mèches de ses cheveux blancs s'échappant d'un bonnet noir, et les mains amaigries, sillonnées de grosses veines, entre les mains de la jeune fille, qui se trouvait assise près d'elle, sur un escabeau.

Rien de grave comme cette solitude de la vieillesse : le tic-tac monotone d'une horloge de bois, la propreté de l'humble demeure, dont les meubles vermoulus rappelaient un autre âge, le petit fourneau de fonte, où cuisait le repas des pauvres gens, tout est là... je le vois.

Et je vois aussi l'enfant rougir légèrement à notre vue et se lever en nous présentant son escabeau et le vieux fauteuil de la grand'mère, puis se pencher à l'oreille de la bonne femme et lui dire :

« C'est M. le curé qui vient vous voir, grand'-mère, avec le monsieur dont je vous ai parlé hier soir. »

Tous ces détails me reviennent, il me semble que c'était hier.

Et la bonne vieille qui se ranime, qui ouvre les yeux et murmure :

« Asseyez-vous, monsieur le curé, et vous aussi, monsieur; je ne puis plus vous voir, ni me lever pour vous remercier, mais mon enfant m'a dit que vous deviez venir et je vous attendais. C'est une brave enfant, et si M. le curé veut s'intéresser à elle, je serai soulagée d'un bien grand chagrin, d'une grande inquiétude; car, messieurs, comme je suis, à mon âge, je ne puis plus rien faire pour elle, et souvent je pense : — Mon Dieu, que deviendra-t-elle, quand je ne serai plus là? — C'est mon plus grand tourment, monsieur le curé. »

Le digne homme était touché profondément, comme moi.

« Eh bien, grand'mère, fit-il, rassurez-vous; nous venons vous ôter ce grand souci. M. Chapuis, l'organiste de l'église, m'a dit que votre petite fille avait une voix charmante, et que cette voix, étant cultivée, pourrait devenir pour elle une véritable fortune.

— Oh! oui, monsieur le curé, c'est bien vrai, dit la bonne femme attendrie, la pauvre enfant chante comme un ange. Quand j'étais jeune, je chantais aussi, mais il y a bien des années de cela; maintenant je fais chanter à Loïs mes vieux airs, et je crois redevenir jeune, comme à quinze ans. »

Ces paroles naïves nous apprirent que Loïs n'avait pas dit à la grand'mère Sabine qu'elle allait chanter seule à l'avancée de la porte

des Vosges, pour gagner leur pauvre existence, et cette délicatesse nous émut.

« C'est bien, dit M. le curé Miguel, en me regardant, vous avez deviné juste, monsieur Chapuis; cette enfant mérite qu'on l'instruise, qu'on l'aide et qu'on lui donne de bons conseils. Nous y penserons. »

Et s'adressant à Loïs, toute confuse :

« Ne voudrais-tu pas nous chanter un de tes airs, mon enfant, lui dit-il. Je serais heureux de t'entendre. »

Et la grand'mère toute contente s'écria :

« Oui, Loïs, il faut que notre bon curé t'entende... Tu sais... chante-lui cet air qui m'a fait pleurer l'autre jour... cela commençait... Attends, que je me rappelle... cela commençait par *Ave Maria*. »

C'était l'*Ave Maria* de Schubert, qu'elle avait entendu à l'église.

« Je veux bien, grand'mère, répondit Loïs en nous regardant timidement, comme pour implorer notre indulgence.

— Commence doucement, mon enfant, lui dis-je, pour que M. le curé t'entende bien; chante sans te dépêcher, et n'aie pas peur. »

Elle commença donc dans les tons graves du contralto : *Ave Maria!* pour s'élever aux notes les plus hautes de sa voix incomparable.

Je regardais M. le curé Miguel qui, la tête penchée, l'air grave, écoutait avec une attention profonde; il devenait tout pâle et jusqu'à la dernière note ne murmura pas un mot.

Alors se relevant, il dit à Loïs :

« C'est bien, mon enfant, tu as bien chanté. »

Et se penchant à mon oreille, il murmura : « C'est une merveille! Vous avez découvert une merveille! »

Après cela, nous nous levâmes, et renouvelant à la grand'mère notre promesse de ne pas oublier Loïs, nous sortîmes dans une sorte de recueillement, sans nous communiquer d'abord les mille pensées qui se pressaient dans notre esprit.

Ce n'est que plus loin, au bout de la ruelle, sur la place des Ormes, que M. le curé, se coiffant de son tricorne, qu'il avait gardé sous le bras, et me regardant comme au sortir d'un rêve, me dit :

« Cette voix, mon cher ami, je l'ai déjà entendue, mais il y a bien des années; c'est la voix d'Angelica Mariani, chantant pour la première fois à la chapelle du roi dom Pedro de Portugal; c'est le même timbre, la même expression, la même puissance, la même étendue. »

Et comme je le regardais étonné, comprenant ma pensée, il ajouta :

« Je faisais partie alors de la chapelle du roi ; j'avais une basse-taille profonde, qui m'a longtemps demandé de grandes études, aussi nous serons à deux pour diriger l'éducation musicale de cette jeune fille, ne me dédaignez pas comme conseil.

— Il m'a suffi de vous entendre chanter la messe, monsieur le curé, lui répondis-je, pour savoir que vous connaissiez la musique à fond et que vous aviez le droit d'en parler en maître.

— J'ai su chanter, fit-il simplement ; mais de mon talent d'autrefois, de ma vieille expérience, il ne me reste que la méthode, et pourvu que notre sujet si remarquable en profite, je serai content. »

Nous arrivions à la porte du presbytère, où, s'arrêtant encore deux minutes, M. le curé reprit :

« Avant tout, il s'agit de tirer l'enfant de là, ce qui n'est possible qu'en décidant la grand'mère à se laisser transporter à notre hospice ; elle y sera mieux, sous tous les rapports, que dans son réduit ; l'humidité de la ruelle, le défaut d'air et de lumière, ne peuvent que lui nuire. Je me charge de la décider.

« Loïs ira la voir à tous ses instants de récréation, qui ne seront pas trop fréquents, car il ne faut pas se dissimuler que nous aurons beaucoup à faire pour l'instruire ; elle ne sait rien ; il lui faut l'instruction religieuse, il lui faut la tenue, il lui faut tout !

« Heureusement nous avons à Sainte-Suzanne des âmes charitables, et je dispose moi-même d'aumônes qui ne sauraient être mieux employées.

« Réfléchissons à cela, je vais y songer.

« Pour le surplus, je m'en rapporte à vous ; je ne veux intervenir dans ses études musicales qu'à la fin, quand elle possédera les principes de l'harmonie ; alors je viendrai quelquefois assister à vos leçons, si Dieu me continue la vie jusque-là.

« Votre œuvre sera longue, mais vous avez trouvé ce qu'un professeur, digne de ce nom, cherche quelquefois toute sa vie sans le rencontrer : un sujet d'élite, réunissant toutes les conditions voulues, pour atteindre à la grande réputation : le sentiment, l'organe, et cet autre don du ciel : la beauté, la noblesse des traits et l'expression du regard, qui contribuent si puissamment à la plus sublime des éloquences, celle du chant, dans une œuvre religieuse ou dramatique. »

Ainsi me parla M. le curé Miguel ; puis, nous étant salués, il rentra dans son presbytère et je courus au collège où l'on m'attendait pour mes leçons de piano.

## II

Quelques jours après notre visite à la ruelle du Vieux-Rampart, Françoise Sabine reposait dans un bon lit à l'hospice, sous la surveillance des sœurs, qui ne la laissaient manquer de rien.

M. le curé Miguel, aidé de quelques dames charitables, avait placé Loïs dans une honnête pension, celle de M^me Auburtin, veuve d'un ancien officier, qui recevait chez elle beaucoup de jeunes filles d'Alsace, que leurs familles envoyaient à Sainte-Suzanne pour y apprendre le français.

Loïs, dont les bonnes dames de la ville avaient monté le petit trousseau, vêtue simplement comme ses jeunes camarades, se trouvait la plus heureuse du monde dans cette nouvelle condition.

Une seule difficulté s'était présentée, celle du baptême ; car les bohémiens, race de pillards, de diseurs de bonne aventure, signalée depuis nombre d'années à la gendarmerie, n'étaient pas en odeur de sainteté à Sainte-Suzanne ; personne ne voulait être le parrain et la marraine de la petite ; il avait fallu décider ma sœur Rosalie à se dévouer avec moi.

Mais enfin la cérémonie avait eu lieu dans la chapelle Sainte-Élisabeth, un matin après la messe, à la grande édification des fidèles ; et depuis, Rosalie, que Loïs appelait marraine, et qui se considérait comme responsable devant Dieu du salut de son âme, adorait cette enfant, ne songeait qu'à ses étrennes et travaillait même à lui tricoter des bas et à réparer ses effets, chaque fois que le besoin s'en faisait sentir.

Loïs venait deux fois par jour à la maison prendre sa leçon de musique, et c'est le plus beau temps de ma vie, car autant il est triste, ennuyeux, de donner son travail à des élèves sans ardeur, sans goût, sans dispositions, autant il est agréable d'en avoir qui saisissent vos explications au vol, qui préviennent vos pensées et se font un bonheur eux-mêmes de vous contenter.

Elle chantait de toute son âme. (Page 68.)

Oui! c'est une joie pour l'homme, de s'apercevoir que ses peines ne sont pas perdues; et ceux qui se figurent vous récompenser avec quelques poignées d'argent se trompent; on ne récompense le dévouement que par le dévouement; un élève qui n'écoute pas les avis de son maître est un ingrat, à moins qu'il ne soit un imbécile.

Je dis franchement ce que je pense, car c'est la vérité. Mais, Dieu merci! ce n'était pas le cas avec Loïs.

Il me semble encore la voir traverser la place, son cahier sous le bras, toute vive et souriante. Je la regardais de cette fenêtre, en me réjouissant d'avance.

Elle courait, les cheveux ébouriffés; le désir d'apprendre se lisait dans ses yeux.

Puis, la grande porte en bas s'ouvrait avec son bruit de poulie, dans le vestibule, et, dans la même seconde, la petite était au haut de l'escalier; elle entrait en me disant:

« Bonjour, monsieur Chapuis... c'est moi.»

J'avais pris mon air sérieux, et je lui demandais:

« Est-ce qu'on sait sa leçon, mademoiselle?

— Vous allez voir, monsieur Chapuis; j'ai bien étudié... mais je ne suis pas sûre de bien savoir. »

Alors je m'asseyais au piano, et les explications commençaient.

Rosalie venait s'asseoir là, dans le coin de la fenêtre, pour tricoter en prêtant l'oreille; on aurait dit qu'elle voulait aussi apprendre

Je regardais M. le curé. (Page 70.)

la musique, tant nos leçons l'intéressaient, et, de temps en temps, je l'entendais murmurer tout bas :

« Ça va bien!... Elle apprend bien... n'est-ce pas, Chapuis? »

Et je lui répondais d'un air de doute :

« Eh! eh! ça ne va pas trop mal, non! pas trop mal. »

Le fait est que j'étais aux anges.

Au bout de cinq semaines, Loïs savait déchiffrer; elle connaissait toutes les notes et leur valeur, tous les signes : soupirs, demi-soupirs, points d'orgue, tons, demi-tons, enfin tout, et les deux clefs de *sol* et *fa* à fond. Au bout de trois mois, elle lisait couramment.

Mais, aussitôt qu'elle sut lire, je dis :

« Halte! on ne lira plus que des gammes chromatiques et diatoniques, dans tous les tons majeurs et mineurs. »

Des exercices, toujours des exercices! des trilles, des arpèges, dont je surveillais l'exécution avec sévérité et que je faisais répéter cent fois de suite, s'il le fallait, pour arrives à la perfection, fronçant les sourcils et ne trouvant jamais que c'était assez bien.

Il fallait entendre comme cela roulait, comme cela montait et descendait... Quelles roulades!

Et, tous les jours, de mieux en mieux... Ah! je ne me contentais pas de peu, vous pouvez me croire...

Quelquefois, M. le curé Miguel venait nous voir.

« Ne vous dérangez pas, disait-il en entrant; continuez ! »

Et, tout en prêtant l'oreille, il se promenait lentement, de long en large, le front penché, sans dire un mot. Seulement, quand la voix atteignait l'*ut* cinq avec une facilité merveilleuse, et qu'elle redescendait la gamme en roulant comme si j'avais passé la main sur mon clavier, nous échangions un regard, comme pour nous dire :

« Elle ne se doute pas seulement que ce *do...* vaut de l'or ; elle ne se doute pas que deux ou trois grandes cantatrices en Europe, des célébrités, sont seules capables de le donner ; elle ne se doute de rien ! »

Et les habitants de Sainte-Suzanne, non plus, ne se doutaient de rien ; en écoutant de la place, ils se figuraient que chacun d'eux, avec un peu d'exercice et de bonne volonté, aurait été capable d'en faire autant.

Voilà comme sont bien des gens en province ; ils se disent, après le succès : « Un tel s'est obstiné à faire des roulades pendant vingt ans, à Paris...; il s'est perfectionné le gosier...; il gagne maintenant de l'argent...; il a de la chance ! »

Quant au talent naturel, on n'en parle pas ; chaque pierrot se figure qu'il aurait chanté comme un rossignol, avec un peu d'exercice. C'est ce que j'ai vu mille fois et ce que je vois encore tous les jours ; aussi, je n'ai jamais pu m'empêcher de regretter Paris, où chaque talent, chaque mérite est mis à sa place, principalement dans les arts.

M. le curé Miguel et moi, nous riions tous les deux après la leçon, en nous donnant la main et disant :

« Cela marche ! cela marchera ! »

Et la petite était toute heureuse de nous voir contents.

Moi, comme je viens de vous le dire, en allant ensuite donner mes autres leçons en ville, je me figurais entrer du royaume des rossignols dans le royaume des moineaux. J'acceptais cela comme une expiation de mes péchés et de mon bonheur, car il faut toujours qu'une chose ou l'autre cloche en ce monde : on ne peut pas être parfaitement heureux.

Loïs aurait fait des exercices vingt-quatre heures de suite sans avoir le plus petit enrouement, et j'ai souvent pensé depuis, que cela venait du grand air qu'elle avait respiré dans sa jeunesse, sans s'envelopper le cou de soie ou de laine, comme tant d'autres, qui n'en chantent pas mieux pour cela.

Enfin ces exercices-là durèrent trois ans !

Deux heures le matin et deux heures le soir ; de sorte qu'au bout de ces trois ans sa voix était devenue l'instrument le plus parfait, le plus harmonieux, le plus complet que j'aie jamais entendu.

Mais il nous en avait fallu de la persévérance pour arriver à ce résultat ! Je dis nous ; je parle d'elle aussi, bien entendu.

Alors seulement nous commençâmes la lecture de morceaux classiques, et M. le curé vint régulièrement surveiller l'expression du chant, qui forme une partie aussi sérieuse que l'autre, car elle tient au goût, au sentiment, à l'âme, toutes choses que l'étude peut bien perfectionner, mais dont le principe doit être en nous dès la naissance.

M. Miguel ayant chanté lui-même et médité longtemps sur le génie de chaque auteur, était plus capable que moi de diriger Loïs sous ce rapport, et je vous avoue qu'il m'est arrivé plus d'une fois de profiter moi-même de ses leçons.

Il est inutile de vous dire que, durant ces longues années d'étude, l'enfant n'avait jamais manqué d'aller au moins une fois par semaine, et le plus souvent deux fois, voir sa grand'mère Sabine à l'hospice ; c'étaient les seuls instants de joie qu'eût la pauvre vieille ; elles s'embrassaient, elles se racontaient tout ce qu'on avait fait, pensé, rêvé dans ces huit jours ; on riait, on était heureux de se retrouver l'une près de l'autre.

Quelquefois j'accompagnais Loïs, pour jouir moi-même de ce spectacle d'amour et de reconnaissance ; cela me faisait du bien.

Et puis, quand il fallait se quitter, on redevenait un peu triste ; mais on avait pris du courage, de l'espérance pour arriver à la semaine suivante, et l'on s'embrassait encore, en promettant de ne plus attendre si longtemps.

Loïs, dans ces trois années, avait grandi ; elle était devenue charmante, et je l'aimais comme ma fille.

Nous avions aussi de longues conversations ensemble après les leçons ; des conversations gaies, quelquefois mélancoliques ; c'étaient les délassements de nos fatigues, nos récréations.

Je m'étonnais toujours de la persistance de ses souvenirs d'enfance, remontant à la vie errante des bohémiens au milieu des bois, et je me disais que cette existence aventureuse, malgré ses incertitudes, ses dangers et ses privations, devait avoir un attrait extraordinaire pour laisser de si profondes empreintes dans la mémoire d'un enfant.

Que de fois, après la leçon, penchée sur le piano et s'abandonnant à ses rêveries lointaines, ne m'a-t-elle pas raconté les émotions de ses premières années, quand s'éveillant au petit jour, au pied d'un arbre, elle écoutait le chant de la grive à la cime d'un sapin, le gazouillement léger d'une mésange à la poursuite des pucerons sous la feuillée; puis ce grand frisson de la forêt, quand le soleil, émergeant de la brume, éclairait tout à coup les sommets des Vosges et s'emparait de l'espace. Les voix innombrables d'insectes qui s'élevaient alors du fond des mousses et des herbes : les unes aiguës comme le fifre, d'autres nasillardes comme la clarinette, d'autres douces, tendres, mélancoliques comme le haut-bois, ou vivantes, émues, frémissantes comme le chant de la corde sous l'archet.

Toutes ces voix, Loïs les avait encore dans l'oreille; elle me les décrivait avec une justesse, une précision telles, qu'il me semblait moi-même entendre cet orchestre invisible des infiniment petits, saluant à son lever l'astre de la chaleur et de la lumière !

Et puis la veillée du soir, quand la troupe avait fait halte, que le feu s'allumait, courant de brindille en brindille avec un pétillement joyeux, et rayonnait dans la solitude. Le vieux et la vieille, entourés de leur nichée, écoutant au loin le chant d'un coq au village, et se disant :

« Hé ! si nous le tenions, il serait bien vite plumé et dans la marmite. »

Elle souriait, et je devinais, à l'expression de ses yeux malins, qu'elle trouvait ces idées toutes naturelles, et que l'instruction religieuse de M. le curé n'avait pas assez modifié ses idées sous ce rapport.

Mais d'autres fois, lorsqu'elle me parlait de l'hiver, des flocons de neige tombant par milliers du ciel et s'entassant sur la terre durcie, sa voix devenait toute plaintive.

« Ah ! comme nous grelottions, disait-elle, et comme on se serrait les uns contre les autres au fond du trou, pour se réchauffer.

« La mère Zèbe, lorsqu'il ne restait rien dans la marmite, devenait toute sombre; les garçons partaient d'abord avec le père, pour chercher quelque chose à manger; nous les attendions. Mais quand vers le soir ils n'étaient pas revenus, nous partions aussi, bien tristes, en rêvant au beau printemps qui ne devait pas revenir si sitôt.

« On ne chantait plus, et dans les villages les gens criaient contre nous, les chiens aboyaient, je me cachais derrière ma mère. »

« Oui ! oui ! faisait-elle, nous avions de bien beaux moments, mais aussi de bien tristes. »

Puis elle se demandait ce que ses parents étaient devenus depuis le matin où s'éveillant toute petite, elle s'était vue seule dans la neige près de la ville et s'était mise à crier.

« Ah ! monsieur Chapuis, me disait-elle, cette année-là nous avions trop souffert ! Ils m'ont abandonnée près de la ville, c'est vrai, mais ils n'avaient plus rien à me donner; ils ont compté sur la charité des bonnes gens !... Je ne leur en veux pas. Qu'ont-ils fait, depuis ? Vivent-ils encore ? Le père... la mère... les frères et sœurs... Pensent-ils encore à moi, comme je pense à eux ? »

Ses yeux se remplissaient de larmes et je m'écriais :

« Allons ! allons ! la leçon n'est pas finie... Recommençons... c'est assez causé comme cela... nous perdons notre temps. »

Chaque jour je prenais un intérêt plus vif à mon élève.

Vous ne sauriez croire combien à seize ans elle était devenue jolie; son teint légèrement doré lui donnait quelque chose d'à part, inconnu dans nos pays. C'était comme le reflet d'un soleil plus chaud que le nôtre; et M. le curé Miguel me disait quelquefois en souriant :

« C'est une gitana, une vraie gitana, telle que je les ai vues autrefois en Espagne. »

Ses yeux, d'une finesse extrême, se noyaient parfois d'un sentiment de rêverie indéfinissable; et tout dans ses mouvements, dans son sourire exprimait la grâce et la distinction native des races orientales.

Vous pensez bien que j'éprouvais un grand ennui de voir, vêtue d'une façon vulgaire, cette figure spirituelle et poétique; le costume du pensionnat Auburtin ne pouvait plus lui convenir; c'était comme une fausse note en musique.

En définitive, Loïs m'appartenait, je la considérais comme ma fille; aussi, dans ce temps, chaque jour, à toute occasion, je lui faisais quelque petit cadeau : une robe de jaconas couleur paille, qui lui allait à ravir, un mantelet de tulle anglais, un petit chapeau doublé de satin blanc, du linge plus fin, des gants... que sais-je ?

Elle s'arrangeait tout cela très bien, avec un goût parfait; et bientôt, sans que personne se fût aperçu de la transition, Loïs, en même temps qu'elle avait appris sous la direction de Rosalie à être une bonne petite femme de ménage, était devenue la plus charmante, la plus élégante jeune fille de Sainte-Suzanne.

Alors les dimanches, après vêpres, nous allions faire un tour hors ville, sur les glacis, sa main mignonne, finement gantée, sur mon vieux bras, ses petits pieds, chaussés de jolies bottines, trottinant à mon côté dans l'herbe.

J'étais aussi en grande tenue : habit bleu de ciel, cravate blanche et pantalon de nankin. Ma sœur Rosalie nous suivait quelquefois, et nous causions gaiement, comme un bon papa cause avec sa fillette.

Tous les honnêtes bourgeois, entourés de leurs familles, se promenaient comme nous au soleil. On se saluait; on s'arrêtait un instant pour s'offrir une prise, pour se demander des nouvelles; les dames et les demoiselles s'inspectaient l'une l'autre, et nous n'avions jamais le dessous : nous étions bien... très bien !.. on ne trouvait rien à reprendre à notre toilette, il fallait en convenir.

Voilà, mon cher, comment les choses se passaient en l'an de grâce 1864. C'est le plus beau temps de ma vie!

Et rentrée au logis, Loïs, contente de sa journée, lançait des roulades qui n'en finissaient plus.

Elle était quelquefois capricieuse, fantasque, aimant à taquiner son papa Chapuis, à faire endêver sa marraine; mais en somme c'était la meilleure enfant du monde, et tout finissait par des éclats de rire.

On n'avait qu'un ennui dans la journée, c'était le soir, de se séparer pour retourner à la pension.

### III

Au commencement du printemps de l'année 1865, nous eûmes un gros chagrin : la grand'mère Sabine mourut à quatre-vingt-neuf ans, tout doucement, comme on s'endort.

Loïs n'avait pas quitté son lit les huit derniers jours; la bonne vieille étant aveugle et ne la voyant plus, voulait tenir sa main dans la sienne, comme autrefois rue du Vieux-Rempart; à chaque instant elle lui demandait :

« C'est toi, Loïs?

— Oui, grand'mère, c'est moi.

— Ah! bon! bon! Je suis contente, mais il ne faut pas me quitter quand je dors.

— Non, grand'mère. »

Il paraît que la pauvre vieille avait peur à la fin et qu'elle se disait : « Tant que cet ange sera là pour me garder, la mort n'osera pas venir! »

Enfin elle s'éteignit.

Je ne crois pas avoir vu de ma vie de douleur comparable à celle de Loïs, lorsqu'il fallut descendre la pauvre grand'mère Sabine dans sa dernière demeure; elle voulait se précipiter dans la fosse... Je la retenais, tout hors de moi... Finalement, elle tomba dans mes bras, inanimée !... Il fallut la rapporter à la maison, sur la même civière qui avait servi pour le cercueil, et durant plus de six semaines elle fut comme suspendue entre la vie et la mort. Rosalie la veillait. M. Georgel, le meilleur médecin de la ville, que j'avais fait appeler tout de suite, n'osait répondre de rien. J'étais dans une désolation inexprimable; et M. le curé lui-même, chaque fois qu'il venait voir la pauvre enfant, en proie à des cauchemars terribles, s'en retournait consterné.

Enfin la jeunesse, le retour de la belle saison et les bons soins de Rosalie triomphèrent peu à peu de ces crises nerveuses, qui se suivaient en s'affaiblissant toujours, et qui finirent par disparaître. Mais Loïs était bien faible, elle ne pouvait entendre une note de musique sans fondre en larmes, et M. Georgel me dit que les bains de rivière pourraient seuls la rétablir complètement.

Il fut donc résolu qu'elle irait passer un ou deux mois à Clairefontaine, avec ma sœur Rosalie, et qu'en attendant leur retour je prendrais ma pension à l'hôtel de la Carpe, où M. le juge de paix Richard, M. l'adjoint Duhem, quelques vieux officiers en retraite et d'autres bourgeois honorables vivaient comme en famille.

Je comptais bien aller voir de temps en temps Loïs, car Clairefontaine n'est pas à plus d'une lieue de Sainte-Suzanne, et rien ne m'était plus facile que de partir après mes leçons vers cinq heures, de gagner tranquillement la vallée sans me presser et d'être de retour à la nuit.

Les choses furent donc arrêtées de la sorte, et, dès le milieu de juin, Rosalie et Loïs se trouvaient là-bas en bonne et nombreuse compagnie.

Le petit village de Clairefontaine, aujourd'hui gâté par le chemin de fer, était alors la plus jolie retraite qu'il soit possible d'imaginer; un véritable nid de mousse et de verdure perdu dans la montagne.

Au-dessus de la côte, une ruine; au pied, une centaine de maisonnettes tapissées de lierre, les toits de bardeaux en auvent, les petites fenêtres presque à ras de terre, les étables, les hangars appuyés aux pignons ; le tout côtoyant la rivière, qui fuyait, étincelante et vive comme une truite, sur son lit de beau sable roux.

Chaque maisonnette avait sa porte de derrière et sa petite allée traversant le jardinet, pour se rendre à la rivière, où l'on entrait jusqu'aux épaules par un escalier de cinq ou six marches.

Les dames, leur bain pris, n'avaient que deux pas à faire pour être chez elles, sous la loge en charmille où papillotait le soleil et s'égosillaient les mésanges et les fauvettes du matin au soir.

Au milieu de tout cela, s'élançait le clocher de l'antique église, surmonté de son coq ; le cimetière derrière, avec ses croix moussues et ses tombes aux inscriptions effacées.

Rien ne manquait aux agréments de Clairefontaine, ni le chant des orgues le dimanche, ni le son des cloches, qui se prolonge au loin dans les échos de la montagne.

Aussi les bonnes vieilles de Sainte-Suzanne, épouses ou veuves d'officiers en retraite, de petits fonctionnaires, de petits rentiers, aussitôt la belle saison venue, descendaient à Clairefontaine en procession, leurs grands chapeaux à la bibi allongés devant le nez, le ridicule au coude, leurs affiquets sur le bras, pour aller s'installer au village, chez quelque paysanne que l'on connaissait, pour lui acheter habituellement ses œufs, ses poulets et ses légumes au marché de la ville, et qui vous recevait à bras ouverts.

Et l'on se baignait, on se réunissait à quatre ou cinq, tantôt chez l'une, tantôt chez l'autre, pour jaser, pour tricoter ou faire sa partie de loto ; on assistait à la messe ; aucune de vos habitudes n'était dérangée et l'on jouissait, presque pour rien, des plaisirs de la campagne.

Aujourd'hui que toutes les provisions vont à Paris par le chemin de fer, et que les bons paysans ne songent plus qu'à gagner de l'argent, Clairefontaine, comme tant d'autres endroits pittoresques, n'offre plus aux regards des visiteurs que sa belle gare, ses tas de houille et de ballots, ses treuils, ses futailles, etc.

Vous n'entendez plus que les sifflements de la locomotive et le passage des trains descendant ou remontant la vallée, avec un bruit de tonnerre.

La poésie s'en est allée ! Mais en 1865 nous n'en étions pas encore là, Dieu merci ! Nous avions encore quelques belles années à passer.

J'avais loué pour Rosalie et Loïs un modeste logement chez la mère Jeannette, dont la fille Charlotte venait tous les vendredis approvisionner notre petit ménage de tout ce qui se consommait à la maison. Cent francs par mois pour deux personnes, c'était une grosse somme à l'époque ; aussi, comme la mère Jeannette soignait ses pensionnaires !

Vous aviez les œufs du jour même, le beurre au sortir de la baratte, la crème était de la veille, le petit vin rose aigrelet était à discrétion ; la galette, les gibelottes, les poulets formaient l'ordinaire, et vous aviez toujours de ce bon pain de ménage dont l'odeur seule vous ouvre l'appétit.

Il ne fallait acheter en ville que la viande de boucherie, le sucre, le café et les autres épices, que Charlotte apportait en revenant du marché.

Les petites chambres et les lits, toujours bien propres et parfumés de lavande, ne laissaient rien à désirer. Loïs, en s'éveillant au chant du coq, voyait par sa petite fenêtre, entourée d'un cep de vigne, toute la vallée, tantôt empourprée par le soleil levant, tantôt couverte encore de cette brume blanche, laiteuse qui s'étend, comme les ondes d'un lac, au-dessus de la rivière, et retombe en rosée dès que paraît le jour.

Elle sentait la bonne odeur des foins fraîchement coupés, elle entendait les pigeons roucouler sur le toit de bardeaux, elle prenait son premier bain avant déjeuner et je ne doutais pas qu'en suivant cet excellent régime, sa santé ne fût bientôt rétablie.

En effet, au bout de quinze jours, sa fraîcheur et sa gaieté lui revenaient déjà ; elle recommençait ses roulades d'autrefois et me demandait à chacun de mes voyages, de lui apporter quelque partition de Weber, de Mozart, de Rossini, qu'elle se plaisait à lire, et qu'elle n'aurait pas été fâchée de chanter en mon absence ; mais j'avais résolu de la laisser se reposer encore et de ne reprendre le travail que du moment où le danger serait complètement écarté, sans retour possible.

Outre les bonnes gens des environs, quelques riches étrangers venaient aussi de temps en temps s'établir à Clairefontaine, attirés sans doute par la beauté du paysage, autant que par l'efficacité des eaux contre les maladies nerveuses ; mais ils étaient toujours en petit nombre et logeaient tous chez M. Jespère, à l'auberge de la Cigogne, dont la façade peinte en jaune, les hautes fenêtres, la grande cour entourée d'écuries spacieuses, la porte cochère, formée de deux colonnes surmontées de vases pleins de fleurs, et le réservoir d'eau de roche, où fourmillaient les truites qu'on apportait de la vanne du moulin, présentaient un aspect fort confortable.

En cette année 1865, M. le curé Miguel loua l'auberge de *la Cigogne* pour une dame étrangère, M^me de Valabrège, qui devait venir l'occuper dans le courant du mois de juillet.

Les relations nombreuses que M. le curé Miguel avait conservées dans le monde rendaient cette démarche toute naturelle de sa part.

Mais quand on apprit que l'auberge avait été louée deux mille francs pour la saison des bains, personne ne douta que la dame ne fût pour le moins une duchesse, qui voulait garder l'incognito ; et les bonnes vieilles, réunies le soir à leurs parties de loto, ne firent plus que s'entretenir des grandes toilettes, des équipages splendides qui bientôt allaient paraître à Clairefontaine et rompre la monotonie de l'existence.

L'impatience grandissait de jour en jour ; à chaque heure on annonçait l'arrivée de la dame, puis la nouvelle était démentie.

M^me de Valabrège parut enfin : elle était de la plus grande simplicité.

Je me trouvais justement chez la mère Jeannette, quand elle passa devant notre maisonnette, dans une calèche fort élégante il est vrai, attelée de deux chevaux superbes, mais vêtue de noir, sans diamants, sans cachemires, son épaisse chevelure grise rejetée derrière les oreilles et tordue négligemment sur la nuque.

Une berline suivait, chargée des bagages et occupée par deux femmes de chambre, plus richement vêtues que leur maîtresse et souriant de la foule des braves gens accourus sur leurs portes pour les contempler au passage.

Du reste, rien de ce qu'on avait prévu n'arriva ; M^me de Valabrège, installée à l'auberge, vivait fort retirée ; elle se promenait quelquefois en calèche à l'ombre des forêts le matin, lisant un livre, un journal, puis rentrait chez elle à l'heure du déjeuner, et c'était tout.

Elle assistait à la messe les dimanches, et M. le curé Miguel venait de temps en temps la voir.

Il paraissait de bonne humeur et nous souhaitait chaque fois le bonjour en passant, demandant des nouvelles de Loïs.

Il n'était jamais question de M^me de Valabrège, mais la physionomie de cette dame m'avait frappé, son air sérieux, son front large et haut, son regard pensif me revenaient comme un lointain souvenir ; cette physionomie ne m'était pas inconnue, et je cherchais à me la rappeler ; tant de figures passent devant nos yeux en trente ans, qu'il est bien difficile de retrouver dans un passé, peut-être déjà fort éloigné, toutes celles qu'on a perdues de vue.

Je pensais donc n'avoir jamais de rapports avec cette dame, lorsqu'un matin je reçus la visite de M. le curé Miguel.

« Mon cher monsieur Chapuis, me dit-il, je viens vous demander un service... Vous savez que M^me de Valabrège se trouve en ce moment à Clairefontaine. Cette dame a perdu son mari l'année dernière, elle voudrait faire chanter une messe de *requiem* à l'église du village et manifeste l'intention de la fonder à perpétuité.

« Ce serait un grand bienfait pour la pauvre église. Malheureusement M. le curé Tanneur n'est plus d'âge à chanter une messe en musique, et, quoique bien vieux aussi, je la chanterai pour lui.

« L'anniversaire de la mort de M. de Valabrège tombe au jeudi de la semaine prochaine, je viens donc vous prier de vouloir bien tenir les orgues et de permettre que Loïs chante le *requiem* avec moi.

— Monsieur le curé, lui répondis-je, je suis complètement à vos ordres, et quant à Loïs, elle sera trop heureuse de pouvoir vous être agréable.

— Alors, c'est entendu, fit-il.

— Oui, monsieur le curé ; seulement quel *requiem* chanterons-nous ? J'en ai là plusieurs dans mes cartons, de Vogler, de Chérubini, de Mozart.

— Ah ! dit-il, M^me de Valabrège demande que ce soit un *requiem* de Jomelli, dont elle m'a remis la partition pour vous ; la voici ; c'est un souvenir pieux qui lui dicte ce choix ; on a chanté ce *requiem* pour son père, à la cathédrale de Saint-Philippe de Néry, de Naples. »

Je parcourus rapidement la partition, qui ne me parut offrir aucune grande difficulté, et je dis à M. le curé que Loïs lirait sa partie à première vue.

« Je n'en doute pas, dit-il ; cependant, M^me de Valabrège étant excellente musicienne, faisons de notre mieux pour la satisfaire ; je crois qu'un peu d'étude ne nuirait pas à la bonne exécution.

— Sans doute.... aussi je vais m'en occuper. »

Là-dessus, M. le curé m'ayant serré la main, je le reconduisis jusqu'au bas de l'escalier, comme d'habitude.

J'étudiai quelques instants la musique de Jomelli sur mon piano, et le soir du même jour, après mes leçons en ville, j'allai prévenir Loïs que nous débuterions par un *requiem* dans la petite église de Clairefontaine.

Ce que m'avait dit M. le curé Miguel, — que M^me de Valabrège était excellente musicienne, — m'intriguait, et, tout en marchant, l'idée me revenait que cette dame m'était connue ; je repassais mes souvenirs, remontant jusqu'à ma vie de concerts, de théâtres à Paris, quand tout à coup un éclair me traversa l'esprit et je m'écriai :

« Mais c'est la Mariani, telle que je l'ai vue au Théâtre-Italien dans le *Figaro* de Rossini, dans *Tancrède* et dans plusieurs autres opéras. Depuis trente ans elle a grisonné ; mon Dieu, c'est tout simple ! Comment, la Mariani est ici ! »

Et je me rappelais qu'elle avait épousé jadis à Lisbonne un officier français appelé de Valabrège ; qu'elle avait parcouru l'Allemagne, la Suède, la Russie, et que depuis peu d'années, s'étant retirée à Florence, elle dirigeait une école de chant fondée par elle-même.

L'arrivée de cette grande artiste m'avait exalté, et tout en poursuivant ma route, je me souvenais qu'autrefois M. le curé Miguel, dans un moment d'expansion, m'avait dit qu'il connaissait Angelica Mariani, qu'il avait fait partie avec elle de la chapelle du roi dom Pedro de Portugal. Je compris que cet excellent homme, après avoir contribué de toutes ses forces et de tout son cœur à l'instruction musicale de Loïs, pour dernier bienfait, avait voulu lui donner une protectrice dans la carrière dramatique ; qu'il avait écrit à M^me Mariani, et lui avait recommandé chaudement une élève hors ligne, et que la grande artiste, toujours en voyage au moment des vacances, était venue voir elle-même.

Je compris tout ; j'en avais les larmes aux yeux. Mais cela ne m'étonnait pas, car il n'y a que les grands talents pour pratiquer largement et noblement les devoirs de la fraternité. Cela me paraissait naturel et ne m'empêchait pas d'en être attendri.

C'est ainsi que j'arrivai dans le jardinet de la mère Jeannette, où Loïs et Rosalie, toutes deux assises au milieu d'une plate-bande, cueillaient des pois pour le souper.

Loïs, comme toujours, vint me sauter dans les bras, en criant :

« Voici mon bon papa Chapuis ! »

Et je lui répondis gaiement :

« Oui, mon enfant, c'est moi...., et je viens t'apporter une grande nouvelle... nous débutons jeudi prochain !... Tu m'entends, jeudi ! pas plus tard, à l'église de Clairefontaine. Nous débutons par un *requiem*. Ah ! cette fois, il va falloir se montrer, car, je t'en préviens, M^me de Valabrège est une musicienne distinguée ; et puis il ne faut pas dédaigner non plus les bonnes gens, les braves gens comme la mère Jeannette et bien d'autres, qui vont nous entendre. Les belles choses vont au cœur de tous. »

Et je tirai ma partition de la poche, en disant :

« Voilà ce qu'il faut étudier ; c'est un *requiem* de Jomelli... Tiens... il est magnifique ! »

Loïs, me voyant animé plus qu'à l'ordinaire, ouvrait de grands yeux ; mon air de satisfaction et d'attendrissement l'étonnait.

« Mon bon papa Chapuis, puisque vous êtes content, je le suis aussi, fit-elle.

— Oui, et M. le curé Miguel aussi sera content, car c'est lui qui m'a demandé ce service, et naturellement, Loïs, je lui ai répondu que tu serais bien heureuse de lui faire plaisir.

— Oh ! oui, bien heureuse, dit-elle les larmes aux yeux ; c'est toujours ce que j'ai souhaité, de pouvoir un jour vous faire un plaisir, à vous et à M. le curé ; c'est ce que je désire le plus au monde. »

Alors, en nous promenant dans le jardin, je lui fis ressortir les parties du chant qui la concernaient, l'accent qu'il fallait leur donner, en lui recommandant surtout de bien se pénétrer du sens des paroles latines, dont la force et la grandeur ne pouvaient se rendre qu'en les étudiant à fond.

Elle me promit de les savoir par cœur.

Après quoi, bien content de ma journée, je regagnai tranquillement Sainte-Suzanne.

Je m'étais bien gardé de dire à Loïs qu'elle allait chanter devant l'une des plus grandes cantatrices de l'Europe, pour ne pas l'intimider ; et le jeudi suivant je me rendis de bon matin à Clairefontaine, où l'annonce d'une grande messe en musique avait attiré beaucoup de monde.

La petite église en était encombrée.

Vers dix heures, Loïs et moi nous montâmes aux orgues.

Nous étions là, seuls, près de la voûte,

C'est la Mariani qui vous embrasse. (Page 81.)

derrière les hautes balustrades qui nous cachaient aux regards de la foule.

Les claviers, les pédales, les registres, le tabouret de chêne, tout était vieux dans l'antique église.

Je déployai notre partition sur le pupitre et je m'assis, le petit miroir incliné sur ma tête, pour suivre le service.

Loïs, debout près de moi, au moment de chanter pour la première fois en public, tremblait comme une feuille; je lui pris la main et je lui dis d'être calme et de donner toute sa voix, mais sans effort.

Dans le même instant, M. le curé Miguel sortant de la sacristie, descendait vers le catafalque avec ses chantres, l'encensoir à la main, et la messe commençait.

« *Requiem æternam dona eis, Domine, et lux perpetua luceat eis!...* » chantait M. le curé de sa voix profonde. »

Je n'eus qu'à regarder Loïs, en posant les mains sur le clavier, et d'une voix douce et vraiment divine, elle répondait :

« *Te decet hymnus, Deus, in Sion; et tibi reddetur votum in Jerusalem : exaudi orationem meam, ad te omnis caro veniet. Requiem æternam!* »

Je ne saurais dire quel effet me produisit alors cette voix, que j'avais entendue si souvent; elle s'étendait sous ces voûtes avec un éclat qui me fit passer un frisson des pieds à la tête, et sans ma grande habitude des pompes religieuses, j'aurais pu me troubler.

Le silence au fond de la nef était solennel

et à mesure que la messe avançait, au *Dies iræ*, à l'Offertoire, etc., de temps en temps nous entendions, quand l'orgue se taisait, un frisson immense monter jusqu'à nous.

Je ne disais rien, je ne regardais pas Loïs; j'étais dans le ravissement et pourtant mes lèvres se serraient, je me sentais pénétré d'un recueillement inconnu : la majesté de cette musique m'avait saisi.

Mais à la fin de l'office, à la dernière phrase musicale :

« *Lux æterna luceat eis !* »

Je me levai les bras étendus en m'écriant : « Loïs... mon enfant!... » sans pouvoir ajouter une parole. Je pleurais.

Et Loïs, le front penché contre mon épaule, sanglotait, épuisée d'émotions.

En bas, sous le portail, la foule s'écoulait.

Et tandis que le bruit allait s'affaiblissant, nous entendions des pas monter l'escalier de la tourelle.

« Assieds-toi, Loïs, lui dis-je, on vient... il faut que j'aille voir. »

Et je sortais à peine de la galerie, derrière les orgues, qu'Angélica Mariani et M. le curé Miguel m'apparaissaient à la lueur d'une rosace ouverte sur le portail de l'église.

Je les saluai profondément.

Ils venaient complimenter Loïs, et je les précédai dans le passage de la galerie pour leur montrer le chemin.

Loïs était assise près du clavier; lorsqu'elle vit paraître madame de Valabrège, elle se leva tout émue.

« Mademoiselle, dit la grande artiste à l'humble fille des bohémiens, vous avez chanté divinement. Votre voix est l'une des plus belles, des plus harmonieuses, des plus touchantes que j'aie entendues, même en Italie ! »

Et prenant dans ses mains blanches la jolie tête brune de Loïs, elle la baissa lentement sur le front.

« C'est la Mariani qui vous embrasse, mon enfant, dit M. le curé; elle vous donne le baptême de l'art ! »

Alors Loïs, saisissant d'un geste fébrile, les mains de la grande artiste et les portant à ses lèvres, se prit à fondre en larmes; et durant quelques instants, nous restâmes à la regarder, tout attendris.

« C'est ainsi que je pleurais au théâtre de la Fénice, à dix-sept ans, dit enfin la Mariani avec un sourire mélancolique. Je venais d'entendre les premiers applaudissements de la foule et de recevoir mes premières couronnes : — Ce sont des larmes bénites, qu'on ne répand qu'une fois dans sa vie! »

Et maintenant, que vous dirai-je encore?

Peu de jours après la scène que je viens de vous raconter, il fallut se séparer. Ah! ce ne fut pas sans déchirement de cœur et sans bien des larmes. Mais Loïs allait compléter ses études sous la direction d'une maîtresse illustre; elle avait à conquérir dans le monde des arts la place qui lui revenait par le droit du talent.— Il fallait prendre une résolution, et nous eûmes le courage de la prendre.

Durant les premiers mois de la séparation, seul avec ma sœur Rosalie, le soir, pensant à ma chère élève, aux charmants instants que j'avais passés à l'instruire, à nos bonnes causeries, à nos promenades, je me sentais bien triste.... Mais les rapides succès de Loïs, et ses bonnes lettres, invitant « le papa Chapuis » à venir au moins une fois assister à ses triomphes, ne tardèrent pas à me ranimer.

Je suis heureux du bonheur de mon élève, glorieux de sa gloire.

Je me dis : — C'est pourtant toi, Chapuis, qui as découvert sous les haillons de la petite bohémienne, cette grande artiste, qui chante devant les foules ravies, sur les premiers théâtres du monde, les inspirations sublimes des maîtres!

Et puis, il faut que je vous fasse une confidence, Loïs n'est pas seulement une grande artiste, c'est aussi un grand cœur; elle se souvient qu'elle a été pauvre : il n'y a plus d'enfants abandonnés ni de vieillards dans la détresse à Sainte-Suzanne... Les malheureux la bénissent!... Et cela me console de tout.

FIN DE LOÏS.

# TABLE

---

# ERCKMANN-CHATRIAN

PARIS. — IMPRIMERIE GAUTHIER-VILLARS

55, QUAI DES GRANDS-AUGUSTINS, 55

J. HETZEL et Cᵉ, Éditeurs, 18, rue Jacob, Paris.

## ŒUVRES ILLUSTRÉES DE VICTOR HUGO

LES MISÉRABLES. Prix relié 25 fr. — Toile 23 fr. —
Broché................................................. 20 »

### Romans :

Édition contenant : NOTRE-DAME DE PARIS, HAN
D'ISLANDE, BUG-JARGAL, DERNIER JOUR D'UN CON-
DAMNÉ et CLAUDE GUEUX. Prix relié 14 fr. Toile 12 fr.
Broché................................................. 9 fr.

### Théâtre :

Édition contenant : CROMWELL, RUY-BLAS, MARION
DELORME, MARIE TUDOR, LA ESMERALDA, HER-
NANI, LE ROI S'AMUSE, ANGELO, LES BURGRAVES.
LUCRÈCE BORGIA. Prix relié 11 fr. Toile 10 fr. Br. 7 fr.

### Poésies :

ODES ET BALLADES......................... 1 80
VOIX INTÉRIEURES. — RAYONS ET OMBRES. 1 35
ORIENTALES................................ » 75
FEUILLES D'AUTOMNE. — CHANTS DU CRE-
PUSCULE................................. 1 35
Réunis en un volume grand in-8. — Prix relié 9 fr. —
Toile 7 fr. — Broché...................... 4 50
LES CHATIMENTS........................... 1 30

TRAVAILLEURS DE LA MER. — Gr. in-8. — Pr. rel.
8 fr. 50. — Toile 6 fr. — Broché............ 4 »

RHIN. Gr. in-8. — Prix rel. 9 fr. — Toile 7 fr. — Br. 4 50

### Œuvres poétiques elzéviriennes :

Sur papier vergé de Hollande, ornées par Froment.
ODES ET BALLADES.......... 1 vol... 7 50
ORIENTALES................. 1 vol... 4 »
FEUILLES D'AUTOMNE......... 1 vol... 4 »
CHANTS DU CREPUSCULE....... 1 vol... 4 »
VOIX INTÉRIEURES........... 1 vol... 4 »
RAYONS ET OMBRES.......... 1 vol... 4 »
CONTEMPLATIONS............. 2 vol... 15 »
LEGENDE DES SIECLES........ 1 vol... 7 50
CHANSONS DES RUES ET DES BOIS. 1 vol... 7 50

Volumes in-18, sans gravures, à 2 fr.

NAPOLÉON LE PETIT. 1 vol. in-18.......... 2 »
LES CHATIMENTS. 1 vol. in-18............. 2 »

## ŒUVRES ILLUSTRÉES DE JULES VERNE

### Voyages extraordinaires couronnés par l'Académie française :

AVENTURES DU CAPITAINE HATTERAS. — 1 vol.
grand in-8 relié 14 fr. — Toile 12 fr. — Broché.. 9 »
VOYAGE AU CENTRE DE LA TERRE. — 1 vol.
in-8, toile 7 fr. — Broché................. 5 »
CINQ SEMAINES EN BALLON. — 1 vol. in-8, toile
7 fr. — Broché............................ 5 »
Ces deux ouvrages sont réunis aussi en un seul volume, in-8, relié 14 fr. — Toile 12 fr. — Broché. 9 »
DE LA TERRE A LA LUNE. — 1 vol. in-8, toile
7 fr. — Broché............................ 5 »
AUTOUR DE LA LUNE. — 1 vol. in-8. — Toile
7 fr. — Broché............................ 5 »
Ces deux ouvrages sont réunis aussi en un seul vol.
grand in-8. — Relié 14 fr. — Toile 12 fr. — Br. 9 »
UNE VILLE FLOTTANTE. — 1 vol. in-8. — Toile
7 fr. — Broché............................ 5 »
AVENTURES DE 3 RUSSES ET DE 3 ANGLAIS.
— 1 vol. in-8. — Toile 7 fr. — Broché.... 5 »
Ces deux ouvrages sont réunis aussi en un seul vol.
grand in-8. — Relié 14 fr. — Toile 12 fr. — Br. 9 »
LES ENFANTS DU CAPITAINE GRANT. — 1 vol.
gr. in-8, relié 15 fr. — Toile 13 fr. — Broché.... 10 »
VINGT MILLE LIEUES SOUS LES MERS. — 1 vol.
gr. in-8, relié 14 fr. — Toile 12 fr. — Broché.. 9 »
LE TOUR DU MONDE EN 80 JOURS. — 1 vol.
in-8. — Toile 7 fr. — Broché............. 5 »
LE DOCTEUR OX. — 1 vol. in-8. — Toile 7 fr. — Br. 5 »
Ces deux ouvrages sont réunis aussi en un seul vo-
lume gr. in-8. — Rel. 14 fr. — Toile 12 fr. — Br. 9 »
LE PAYS DES FOURRURES. — 1 vol. in-8. —
Relié 14 fr. — Toile 12 fr. — Broché...... 9 »

LES INDES NOIRES. — 1 vol. in-8. — Toile 7 fr. — Br. 5 »
LE CHANCELLOR. — 1 vol. in-8. — Toile 7 fr. — Br. 5 »
Ces deux ouvrages sont réunis aussi en un seul vol.
gr. in-8. — Relié 14 fr. — Toile 12 fr. — Broché. 9 »
L'ILE MYSTÉRIEUSE. — 1 vol. gr. in-8. — Rel. 15 fr.
— Toile 13 fr. — Broché................... 10 »
MICHEL STROGOFF. — 1 vol. gr. in-8. — Relié 14 fr.
— Toile 12 fr. — Broché................... 9 »
HECTOR SERVADAC. — 1 vol. gr. in-8. — Relié
14 fr. — Toile 12 fr. — Broché............ 9 »
UN CAPITAINE DE QUINZE ANS. 1 vol. gr. in-8.
— Relié 14 fr. — Toile 12 fr. — Broché... 9 »
LES TRIBULATIONS D'UN CHINOIS EN CHINE.
— 1 vol. in-8. — Toile 7 fr. — Broché.... 5 »
LES CINQ CENTS MILLIONS DE LA BÉGUM.
— 1 vol. in-8. — Toile 7 fr. — Broché.... 5 »
Ces deux ouvrages sont réunis aussi en un seul vo-
lume gr. in-8. — Relié 14 fr. — Toile 12 fr. — Br. 9 »
LA MAISON A VAPEUR. — 1 vol. grand in-8. —
Relié 14 fr. — Toile 12 fr. — Broché...... 9 »
LA JANGADA. — 1 vol. gr. in-8°. — Relié 14 fr. —
Toile 12 fr. — Broché..................... 9 »
LA DÉCOUVERTE DE LA TERRE. — 1 vol. gr.
in-8. — Relié 12 fr. — Toile 10 fr. — Broché. 7 »
LES GRANDS NAVIGATEURS DU XVIIIᵉ SIÈCLE.
— 1 vol. grand in-8. — Relié 12 fr. — Toile 10 fr.
— Broché................................. 7 »
LES VOYAGEURS DU XIXᵉ SIÈCLE. — 1 vol.
grand in-8. — Relié 12 fr. — Toile 10 fr. —
Broché................................... 7 »

Tous ces ouvrages se vendent aussi en séries.

## ŒUVRES ILLUSTRÉES D'ERCKMANN-CHATRIAN

### Romans nationaux :

LE CONSCRIT DE 1813...................... 1 40
MADAME THÉRÈSE........................... 1 40
L'INVASION............................... 1 60
WATERLOO................................. 1 80
L'HOMME DU PEUPLE........................ 1 70
LA GUERRE................................ 1 40
LE BLOCUS................................ 1 60
Ces 7 ouvrages réunis en 1 vol. grand in-8 :
Prix relié 15 fr. — Toile 13 fr. — Broché......... 10 »
Réunis en 2 vol. gr. in-8 :
Première partie. — LE CONSCRIT. — MADAME THÉ-
RÈSE. — L'INVASION. — WATERLOO. — Prix re-
lié 10 fr. — Broché....................... 5 50
Deuxième partie. — L'HOMME DU PEUPLE. — LA GUERRE.
— LE BLOCUS. — Prix relié 9 fr. — Broché........ 4 50

### Romans populaires

MAITRE DANIEL ROCK...................... 1 20
L'ILLUSTRE DOCTEUR MATHÉUS.............. 1 40
HUGUES LE LOUP.......................... 1 40
CONTES DES BORDS DU RHIN................ 1 30
JOUEUR DE CLARINETTE.................... 1 60
MAISON FORESTIÈRE....................... 1 20
L'AMI FRITZ............................. 1 50
LE JUIF POLONAIS........................ 1 30
Ces 8 ouvrages réunis en 1 vol. grand in-8 :
Prix relié 15 fr. — Toile 13 fr. — Broché......... 10 »
Réunis en 2 vol. gr. in-8 :
Première partie. — DANIEL ROCK. — MATHÉUS. —
HUGUES LE LOUP. — CONTES DES BORDS DU RHIN. —
Prix relié 9 fr. 50. — Broché............. 5 »
Deuxième partie. — JOUEUR DE CLARINETTE. — MAISON
FORESTIÈRE. — L'AMI FRITZ. — JUIF POLONAIS. — Prix :
relié 9 fr. 50. — Broché.................. 5 »
HISTOIRE D'UN PAYSAN. — 1 vol. gr. in-8, relié
12 fr. — Toile 10 fr. — Broché............ 7 »
Cet ouvrage se vend aussi en séries : 2 séries à 1 fr. 75.
1 série à 2 fr. et 1 série à 1 fr. 90.

HISTOIRE DU PLÉBISCITE................... 2 »
HISTOIRE D'UN SOUS-MAITRE............... 1 30
LES DEUX FRERES......................... 1 50
LE BRIGADIER FREDERIC................... 1 20
UNE CAMPAGNE EN KABYLIE................. 1 40
MAITRE GASPARD FIX...................... 2 »
Ces 6 ouvrages réunis en un seul volume grand
in-8 : Relié 14 fr. — Toile 12 fr. — Broché.... 9 »
SOUVENIRS D'UN CHEF DE CHANTIER. — Prix. 1 10
CONTES VOSGIENS. — Prix................. 1 30
LE GRAND-PÈRE LEBIGRE. — Prix......... 1 30

Paris. — Imp. Gauthier-Villars, 55, quai des Grands-Augustins.

Reliure serrée

www.ingramcontent.com/pod-product-compliance
Lightning Source LLC
Chambersburg PA
CBHW060435260626
47161CB00005B/1935